本書には、誰もが知っている平成の大事件の、
ほとんど誰も知らない真相が書かれている。

私の暴走です。何故

の後を追うように自らの生命

したことによって生じた波紋が

こなかった訳です。もうこれ以上の悲劇

真実を語らなければいけない。また

られなくなったのです。私は一条から

受けてなく、勝手に先走って彼

の暴走です。ですから、彼は

て。彼は無実です。

無実です

もう一つの重罪

桶川ストーカー殺人事件「実行犯」告白手記

久保田祥史［著］　片岡健［編著］

リミアンドテッド

宮城刑務所。久保田祥史はここで服役中に手記を執筆した

目次

編著者による前書き

今、本書を手にされているあなたは、「桶川ストーカー殺人事件」がどういう事件か、あらましくらいはご存知だろう。発生はもう20年余り前のことになるが、大変有名な事件だし、そもそも、この事件に関心がある人でなければ、この本を手に取るはずがないから当然だ。

だが、そんなあなたもこの事件の「首謀者」とされる男が、今、どこで、何をしているかは知らないはずである。それも当然だ。そういうことをメディアがほとんど報じないからだ。

この事件の首謀者とされる小松武史は、裁判で無期懲役の判決を受け、現在も千葉刑務所で刑に服している。ただ、本人は一貫して「冤罪」を訴えており、現在はさいたま地方裁判所に対し、2度目の再審請求中である。1度目の再審請求は2010年2月に行い、認められずに終結したのだが、小松武史は今もまだ無罪判決を諦めず、抗い続けているわけだ。

本書は、この小松武史が昨年11月10日、さいたま地裁に2度目の再審請求を行った際（同地裁が受理したのは同11月11日）、再審請求書と共に提出した「証拠」を書籍化したものだ。

その証拠とは、『桶川ストーカー殺人事件　実行犯の告白』というタイトルの電子書籍である。この事件の実行犯・久保田祥史が獄中で綴った手記に基づき、この事件の加害者側の内実をつまびらかにしたもので、他ならぬ私が編集を手がけ、昨年5月に発行した。小松武史は、この電子書籍が「自分に無罪を言い渡すべき新規・明白な証拠」にあたると主張しているのである。

手前みそになるが、この電子書籍は有名な桶川ストーカー殺人事件について、ほとんど知られていない事実の数々を明るみに出しており、同業者の評判は良好だった。一方で、同書はまだ社会にインパクトを与えられたとは言い難いのが実情だ。そこで、私は小松武史が再審請求をした機会に久保田が明かした事件の真相を少しでも世に広め、記録として残したいと思った。そこで、この電子書籍を大幅に加筆、修正し、このような紙の書籍として改めて発行したのである。

では、久保田の手記はどんな内容で、私はそれをどんな経緯で入手したのか。そもそも、桶川ストーカー事件とは、どういう事件だったのか。本編に入る前に簡単に振り返っておきたい。

この事件の被害者・猪野詩織さんは埼玉県上尾市で両親や弟たちと暮らしていた女性で、事件当時は21歳、跡見学園女子大学の2年生だった。1999年10月26日の昼過ぎ、この詩織さんがJR桶川駅前で待ち伏せていた男に胸などをサバイバルナイフで刺され、搬送先の病院で亡くなった。この実行犯の男が、手記の執筆者・久保田祥史（事件当時34）だ。

詩織さんは事件前、元交際相手の男・小松和人（かずひと、同27）が営む風俗店グループの従業員たちから自宅周辺にわいせつなビラを大量に張り出されるなど凄絶な嫌がらせを受けていた。久保田もこの和人が営む風俗店の店長だった。

一方、小松武史（同33）は和人の兄であり、東京消防庁の消防士という本業を持ちつつ、和人が営む風俗店の経営にも関与していた。店では、「オーナー」と称していたという。

そんな事件をめぐっては、写真週刊誌『ＦＯＣＵＳ』や報道番組『ザ・スクープ』の報道により、埼玉県警上尾署が助けを求める詩織さんにまともに取り合わず、詩織さんの供述調書を改ざんしていたことまで明らかに。事態は警察史上に残る大不祥事へと発展した。このほか、FOCUSの取材陣が警察より先に逃亡中の久保田らを見つけて撮影に成功したり、事件後にストーカー規制法が制定されたりするなど、とにかく様々なことが起きた事件だった。

もっとも、私がこの事件に関心を持ち、事件当事者らと関わるようになったのは、発生から十数年の年月が過ぎてからのことだ。きっかけは2012年2月、千葉刑務所で無期懲役刑に服していた武史が『冤罪File』という冤罪専門誌の編集部に手紙を出したことだった。手紙には、こんなことが書かれていた（以下、〈〉内は引用。原文ママ。明らかな誤りは太字にした）。

〈御社の冤罪ファイルを何度か見せていただき、私もずっと冤罪を訴えている1人なので　手紙を書きました。

私は、冤罪どころでなく！警察と検事が、私の共犯者とされる人間達を、刑を軽くしてやるのとおどしで、私をおとしいれたものです…手紙だけでは、説明しきれませんが、御社で、これから私の再審を、おってくれませんでしょうか？〉（2012年2月23日付け手紙）

独特の文体だが、要するに武史は「自分が冤罪だということを冤罪Fileで記事にして欲しい」という思いから、同誌の編集部に手紙を出したわけである。

私は、この手紙を編集部員から見せられ、どう対応すべきか相談された。そして、「取材してみる価値はあると思う」と即答した。私は元々、武史が桶川ストーカー殺人事件の「首謀者」とされていることに疑問を抱いていたからだ。

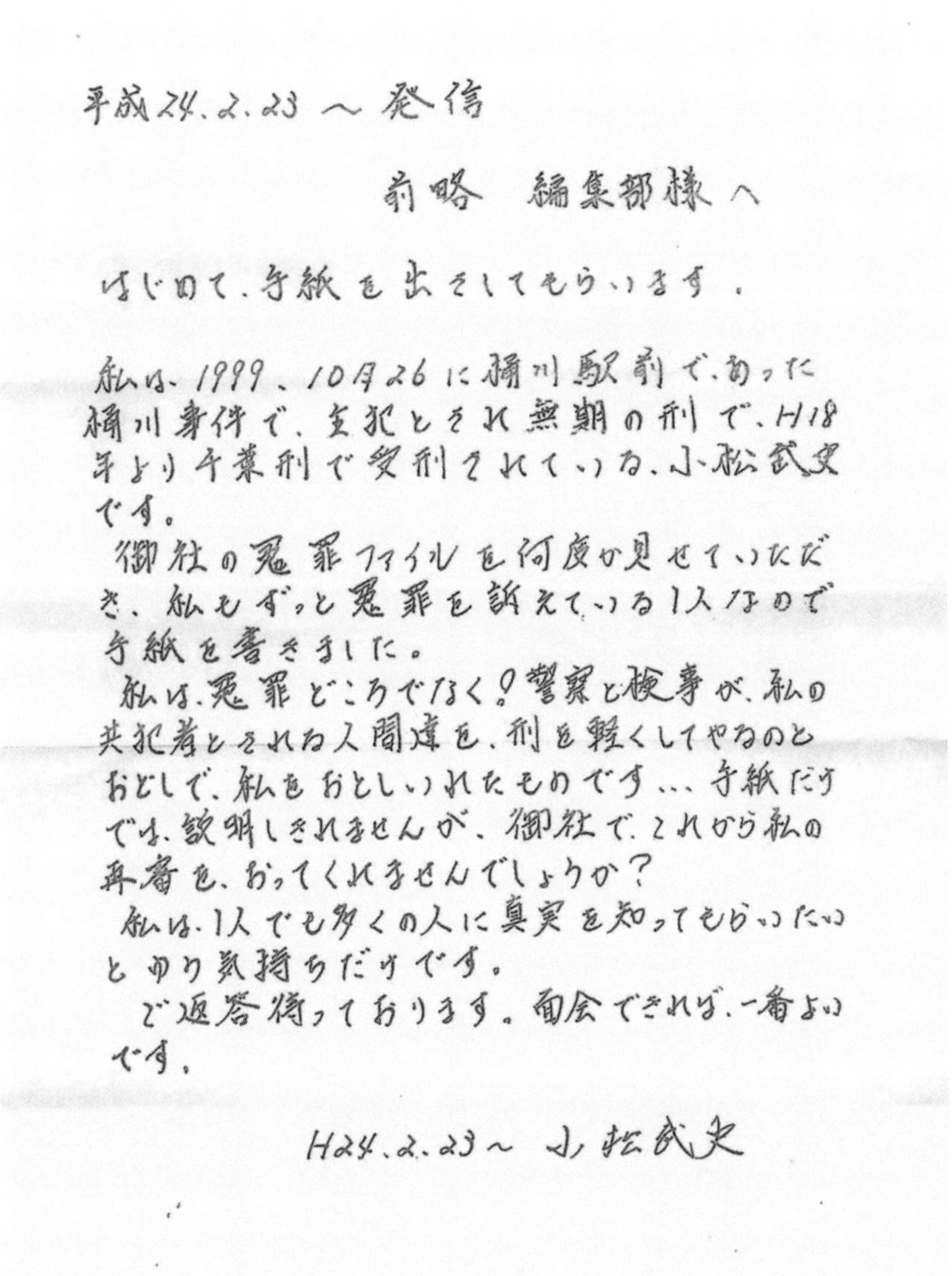

平成24、2、23～発信

前略　編集部様へ

はじめて、手紙を出させてもらいます。

私は、1999、10月26に桶川駅前で、あった桶川事件で、主犯とされ無期の刑で、H18年より千葉刑で受刑されている、小松武史です。

御社の冤罪ファイルを何度か見せていただき、私もずっと冤罪を訴えている1人なので手紙を書きました。

私は、冤罪どころでなく！警察と検事が、私の共犯者とされる人間達を、刑を軽くしてやるのとおどして、私をおとしいれたものです…、手紙だけでは、説明しきれませんが、御社でこれから私の再審を、おってくれませんでしょうか？

私は、1人でも多くの人に真実を知ってもらいたいとゆう気持ちだけです。

ご返答待っております。面会できれば、一番よいです。

H24、2、23～小松武史

小松武史が冤罪 File 編集部に出した手紙

この事件で当初、疑いの目を向けられたのは、武史ではなく、弟の和人のほうだった。詩織さんと交際し、別れを告げられて恨んでいたのは和人のほうなのだから当然だ。

しかし、事件の約2カ月後、埼玉県警が殺人の容疑で逮捕したのは実行犯の久保田と武史、そしてやはり和人の営む風俗店で働いていた川上聡（同31）、伊藤嘉孝（同32）の計4人にとどまった。なぜか和人は一緒に逮捕されなかったのだ。一方、武史は県警に事件の首謀者だったと断定され、その後、逮捕者4人の中でも最も厳しく処罰されることになった。

では、現場にいなかった武史がなぜ、首謀者とされたのか。それは、実行犯の久保田が県警の調べに対し、「被害者を殺害したのは、武史に頼まれたからだ」と供述したためだった。さらに久保田の供述に基づき、川上は運転手役、伊藤は見届け役として現場に同行したとされた。

しかし、詩織さんに別れを告げられ、恨んでいた和人ならともかく、兄の武史がなぜ、久保田に詩織さんの殺害を依頼しなければならなかったのか。警察が久保田の供述をもとに描いた首謀者＝武史」という筋書きは今一つわかりにくかった。

埼玉県警は4人を逮捕した約1カ月後、ようやく和人のことも指名手配した。しかし、容疑は殺人ではなく、詩織さんを中傷するビラの張り出しを武史に依頼したという「名誉棄損」だった。そしてその11日後、和人は北海道の屈斜路湖畔で水死体となって見つかり、自殺として処理された。こうして和人本人が真相を語る機会は永遠に訪れないことになり、なんともすっきりしない捜査の終わり方だった。

その後に行われた裁判では、武史は「久保田に被害者の殺害など依頼していない」と冤罪を訴えながら、2006年9月に最高裁に上告を棄却され、無期懲役刑が確定。また、久保田は懲役18年、川上と伊藤は懲役15年の刑がそれぞれ確定した。

一方、詩織さんの両親が武史と川上、小松兄弟の両親に対し、さいたま地裁に起こした民事訴訟では、2006年3月に出た判決で被告4人に合計で1億円余りの損害賠償が命じられたが、認定された事実関係は刑事裁判と異なった。判決では、武史には詩織さんに殺意を抱く事情がないことなどが指摘されたうえ、「和人は、その指示によって、被告武史を通じ、久保田に詩織を殺害させたものということができる」と結論づけられたのだ。つまり、民事訴訟では、詩織さん殺害の首謀者が和人だと認定されたわけである。

ただ、この民事訴訟の判決でも、和人から武史を通じ、久保田にどんな指示がなされたかなどの具体的な事実関係は解明されないままだった。

意外にも弟・和人を毛嫌いしていた武史

報道で見かけた写真では、武史はがっしりした体格のいかつい男に見えた。私は正直、接触するのに多少警戒心を抱いていた。

だが、私が取材を希望する手紙を出したところ、武史から届いた返事の手紙からは無邪気に喜んでいる様子が伝わってきた。

〈はじめまして片岡様、6月6日に手紙が入りました。ありがとうございます（冤罪Ｆｉｌｅ7

月号も送ってくれたそうで大変感謝しております）。届いた手紙については、理解しましたし、片岡様のご推認の通り、色々と分ってくれているようで、その件につきましても感謝です〉（２０１２年６月７日付け手紙）

〈片岡さんがどのような**話し**から?訊きたいのか?疑問に思っている事でも何でもよいので、私は、かくすような事は、何もないので、ザックバランに何でも書いて下さい。どのような事にも答えたいと思っております〉（前同）

その後、手紙のやりとりを重ねてわかったが、武史は自分の気持ちを率直に現すタイプなのだ。武史の冤罪主張は、要するに「実行犯の久保田が自分に罪を押しつけた」という内容だった。それだけに武史は手紙で久保田のことを悪く書いてくることが多かった。意外だったのは、武史が和人のことも非常に悪く言うことだった。

〈私は、結婚後、友人の車屋でアルバイトをしており（内緒で）、その当時、和人から、職場の本庁の人事課に２回、チンコロされ、私は大変でした…それと、事あるごとに、私の家に嫌がらせ電話をしてきては、妻が切れて、番号も、２回ほど**替えた**事がある…ある意味、恐ろしい弟でした…〉（２０１２年７月24日付け手紙）

〈片岡さんは?どうして、ビラ配りの現場に、私が?行ったのか?**議問**に思うでしょうが?全て和人の知能犯で、私を兄などとは考えておらず!和人に、**追求**が来ても、全て私の責任になるよう周とうに考えられた、全ての行動です…〉（２０１３年２月８日付け手紙）

武史はこの他にも「和人は複数の有名な暴力団の幹部と親交があり、そいつらを使って兄であ

る私に色々な脅しをかけてきた」「自分は和人に騙されたり脅されたりして、風俗店のオーナーをやらされていた」「詩織さん以前に交際した女性に対しても、和人は凄まじい嫌がらせをしていた」などと和人への恨みや悪口を手紙に頻繁に書いてきた。

中には、本当なのか疑問に感じる話もあった。だが、私は武史の手紙を読んでいて、この男はやはり久保田に詩織さん殺害の依頼などしていないのではないかと思うようになった。これほど毛嫌いする弟のために、重罰を科されるリスクを冒してまで人を殺すのは不自然だからだ。

裁判で証言を覆していた実行犯・久保田

取材を進める中、武史の裁判で見過ごしがたい波乱が起きていたこともわかった。2002年2月12日、さいたま地裁であった第一審の第52回公判。弁護側証人として出廷した久保田はこう証言していた。

「私はこれまで虚偽の供述をしていました。本当は、武史から被害者の殺害を依頼されたことはなく、現場に同行した川上と伊藤に殺害の協力を依頼したこともなかったのです」(要旨)

詩織さんの殺害を久保田に依頼したことを否認する武史の裁判において、久保田は検察側の有罪立証を支える重要証人のはずだった。その久保田が逆に検察側の筋書きを根底から覆したのだ。

しかし、結果的に裁判官たちはこの久保田の「新証言」を信用せず、久保田が当初供述していた通り、武史がこの事件の首謀者だと認定した。そして武史の無期懲役判決が確定したわけだ。

懲役18年の刑が確定した久保田は当時、宮城刑務所で服役していた。取材依頼の手紙を出したところ、何回かのやり取りを経て、応じてもらえることになった。

久保田は元暴力団員である。報道の写真でも小太りで短髪、いかにも元暴力団員らしいコワモテの風貌だった。しかし手紙では、礼儀正しい印象を受ける人物だった。

結論から言うと、久保田は私に対しても「武史から詩織さん殺害の依頼はなかった」とあっさり認めた。さらに手紙のやりとりを重ねる中、久保田本人も虚偽の証言で武史を貶めたことに良心の呵責を覚えており、事件の真相を社会に伝えたいという思いを抱いていることもわかった。

そこで、「事件の真相を手記に綴り、冤罪Ｆｉｌｅで発表してもらえないか」と打診したところ、久保田は快諾し、２０１３年12月から２０１４年４月にかけて計９回に渡り、便せん３〜７枚の手記を私のもとに送り届けてきた。届いた手記は全部で50枚。以下は、私が久保田の手記を引用しながら執筆し、２０１４年５月発売の冤罪Ｆｉｌｅ第21号に掲載された記事のタイトルだ。

《「桶川ストーカー殺人事件」の怪！　実行犯が獄中で衝撃の告白！　「私は殺人の依頼を受けていない。彼は無実です！」》

雑誌の特性上、小松武史が冤罪だということのみを強く打ち出したタイトルになっている。しかし、武史から殺害の依頼がなかったのであれば、久保田はなぜ詩織さんに凶刃を向けたのかということは誰もが気になるところだろう。記事の本文では、当然、そのことも明確に記した。

ただ、この記事はページ数の制約もあり、便せん50枚に及ぶ手記の一部しか記事に反映できなかった。また、少部数の雑誌であるため、世間の話題にのぼることもなかった。

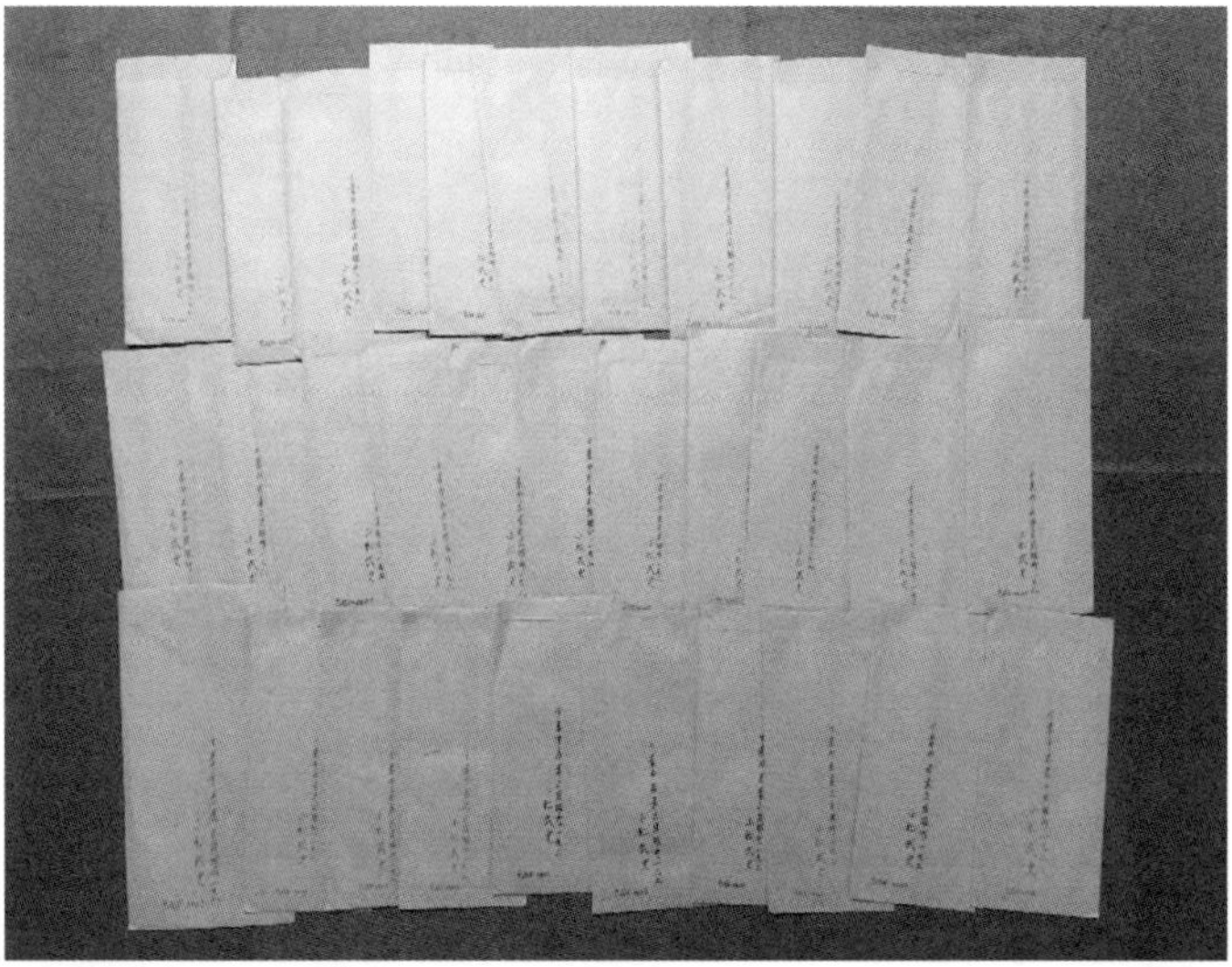

小松武史から編著者に届いた手紙

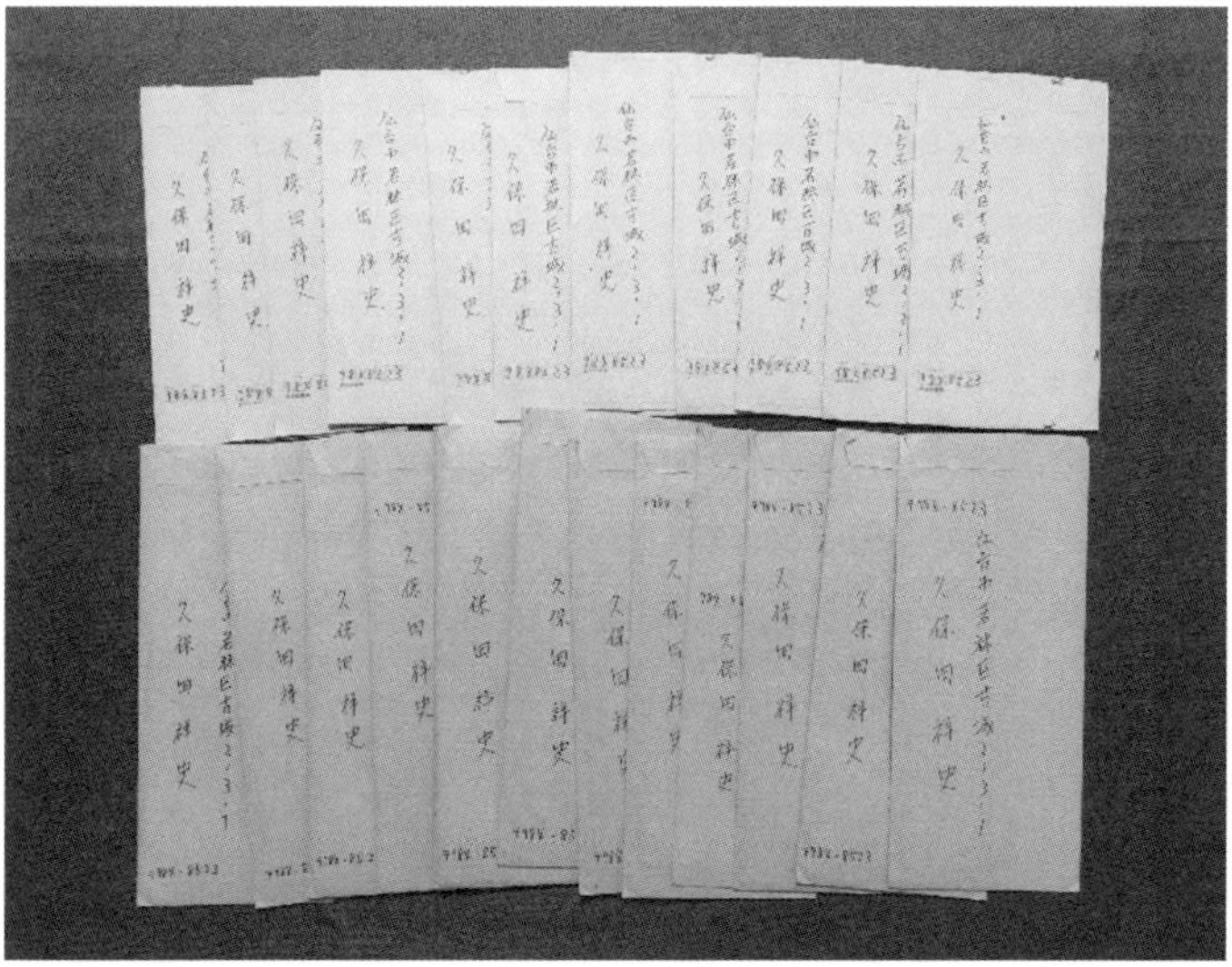

久保田祥史から編著者に届いた手紙

そこで、久保田に手記の再公表を依頼し、その承諾を得たうえで発行したのが前掲の電子書籍『桶川ストーカー殺人事件　実行犯の告白』だった。武史が弁護士に相談のうえ、同書を「自分に無罪を言い渡すべき新規・明白な証拠」にあたるとして再審請求したのは、単に実行犯の久保田が「武史に殺害の依頼はされていない」と明かしているからだけではない。同書には久保田の手記の原本も掲載していたため、刑事裁判の証拠として通用すると弁護士にも判断されたのだ。

桶川ストーカー殺人事件が発生してから、すでに20年を超す歳月が流れた。この間、被害者サイドと真摯に向かい合った報道や警察捜査の問題に鋭く切り込んだ報道は色々あったが、加害者側の内実を明るみに出した報道は無かったように思う。本書がこの事件の知られざる真相を少しでも世に広められたら幸いだ。

なお、武史は前掲の電子書籍を自分が無罪である証拠だと主張している一方で、久保田の手記の一部について、事実関係が異なると主張している。本書では、この武史の反論や補足説明も紹介している。

また、私は川上、伊藤にも取材を試みているが、収容先の刑務所の取材妨害に遭い、残念な結果に終わった。その顛末も本編の合間（46ページ）に付記した。

編著者

久保田祥史から届いた便せん50枚の手記の内訳

〈1〉平成25年12月12日付け手記　4枚 内容：被害者遺族への贖罪の気持ち
〈2〉平成25年12月？日付け手記　7枚　※日にちは記載漏れ 内容：犯行を敢行し、警察に虚偽の供述をするまでの経緯
〈3〉平成26年1月16日付け手記　7枚 内容：小松兄弟の実像
〈4〉平成26年1月22日付け手記　7枚 内容：川上聡、伊藤嘉孝の実像
〈5〉平成26年2月10日付け手記　5枚 内容：裁判で“新証言”をするに至った経緯
〈6〉平成26年3月7日付け手記　7枚 内容：被害者への嫌がらせの実相、犯行に及ぶきっかけ
〈7〉平成26年3月13日付け手記　3枚 内容：川上聡、伊藤嘉孝との謀議の内容や事件当日までの心情
〈8〉平成26年3月27日付け手記　7枚 内容：警察、検察での取調べの内実
〈9〉平成26年4月3日付け手記　3枚 内容：編著者（片岡健）の質問に対する回答

上記9点の手記のうち、「被害者遺族への贖罪の気持ち」が綴られた〈1〉は、久保田なりに真摯に綴っているように感じられる内容だったが、被害者遺族の方々に納得してもらえる内容とは思えなかったため、本書では、紹介することを控えた。

〈2〉～〈9〉は、本書の巻末に原本を掲載した。

※活字化して掲載した久保田祥史の手記は、読みやすくするために句読点と行替えを最小限改めました。それ以外はとくに断りがない限り、原文ママで掲載しています。ただし、明らかな誤りは太字にする措置をとりました。

第1章　小松兄弟の実像

久保田祥史の手記を紹介する前に、久保田と小松武史、和人の兄弟の経歴を改めて簡単に紹介しておきたい。

久保田は１９６５年、大分県で生まれた。県内の中学を卒業後、印刷工や室内装飾店従業員、パチンコ店店員などの職を転々とし、この間、暴力団組員となったこともあった。１９９４年頃からは東京都内の様々な風俗店で働いており、１９９８年頃、小松和人の営む風俗店で働くようになり、和人やその兄の武史と知り合った。店では、「神取」と名乗ることもあったという。

一方、武史は１９６６年に埼玉県で生まれた。県内の公立高校を卒業後、東京消防庁に就職し、消防士として勤務していたが、１９９０年頃から副業で中古車販売などのブローカーをするようになった。さらに事件の2年前にあたる１９９７年秋頃から、弟の和人が東京・池袋で営む風俗店の経営にも関与していた。店では、先に触れたように「オーナー」と称しており、「一条」という偽名を使っていたという。

一方、事件当時は27歳だった和人がいつ頃、どのような経緯で風俗店を営むようになったのかについては、私の取材では判明しなかった。ただ、風俗店の従業員として働いたあと、１９９5年頃にスポンサーを見つけ、自分でも風俗店を始めたとの報道があったので、それが本当かもしれない（ＦＯＣＵＳ１９９９年12月29日・２０００年1月5日合併号）。

確実に言えるのは、和人が営んでいた風俗店は、居住用のマンションを店舗として使い、当局の許可をとらず、届け出もせずに営業していた違法な店だったということだ。当時、こうした形態の違法風俗店は「マンションヘルス」とか「性感ヘルス」などと呼ばれ、首都圏各地で横行していた。和人はそういう店を複数経営していたので、やり手ではあったのだろう。

和人も武史同様、店では「浅倉」あるいは「山口」という偽名を使い、「マネージャー」と称していたという。

では、以上のような事実関係を踏まえたうえ、久保田が綴った手記のうち、和人が営む風俗店で働くようになり、小松兄弟と知り合った経緯を綴っている部分を紹介したい。17ページの表のうち、それに該当するのは**〈3〉平成26年1月16日付け手記**だ。

＊　＊　＊　＊　＊

大繁盛していた人妻系のマンヘル

平成9年か10年頃だったと思いますが、当時私は定職に就いてはいませんでした。何故なら、少し前に仕事を辞めていたからです。以前はデートクラブの店長をやっていたのですが、当局の厳しい締め付けにオーナーが**自から**保身に走ってしまい、廃業せざるをえなかったのです。

そんな事柄があって、やがては新天地を求めてという思いで、毎日あくせくしていました。その日も、日課のスポーツ新聞を見ていたら、求人欄に自然と目がいったのです。「新店オープンの為、スタッフ募集」池袋ファーストと書いており、電話番号も**印して**ありました。私は、ただ何となく気になり、早速電話を掛けて、面接のアポを取りました。

内容としては、風俗の仕事というのは直ぐに分かりました。実を申せば、私自身が風俗関係とは付き合いが長く、ファッションヘルス、ピンサロ、ホテトル、ソープランドと経験してきたからです。そして、私自身が接客業が非常に性に合っている。向いているなと感じていたのですが、ある程度仕事を覚えて自立したいと考えてみても、大金が必要だし、スポンサーを集めるすべもなく、現実的な問題がいつも頭の中にのしかかっていて、**仲々**実行に**移す**ことができずにいたのです。

ただ、今回の池袋の仕事については明るい見通しが感じられたのです。それは、マンションヘルス、通称マンヘルと呼ばれる業種だったのです。基本的に私が経験してきた店は店舗系だったのですが、今回はマンションを舞台とした物だったので、もしかしたら私でも、ノウハウを吸収したら実現できるのではないかと思ったのです。店舗系に比べれば、初期費用もそれほどかからずに開業できるのではないかと。非合法、いわゆるモグリの店ではあるが面白いと思い、当日池袋まで面接に行きました。

案の定、面接場所はマンションの一室でした。担当者から色々と説明を受けて、２号店を立ち上げるのに協力して欲しい。それと責任者となる、野崎なる人物のサポートをして欲しいというものでした。その他、給料の**話し**も終り、こんなものかなと、立ち上げだから、ある程度利益が出るまでは仕方無いかと思いつつ、了承しました。

店の形態としては、人妻系の店でした（編著者注・女性従業員の年齢層が比較的高い店のこと。女性従業員の誰もが人妻だというわけではない）。私は一瞬、意外だなと思ったのですが、私が面接している最中にも、電話は鳴り続けているし、お客がインターホンを鳴らし、入場する姿が絶えなかったのです。

きっとマニア受けしているのに違いないと私は思いました。何故なら、私の経験からいって、風俗系の店では、若い女の子は歓迎されても、中年の女性というのは敬遠されていたからです。でも、この店に訪れるお客は、そもそも求めてきているものが違う。若い娘には無いものを、きっと求めて訪れているのだと思いました。

面接の次の日に、店から連絡が有り、採用の結果を貰いました。新店の立ち上げなので、暫く休みは取れないと思ったので、２日後から勤務することにしました。いざ勤務が始まって、何やら準備で忙しくしている時に、ふいに現われて来たのが、通称一条こと小松武史でした。

対照的だった武史と和人の印象

正直、私の彼に対する第一印象は良いものではありませんでした。１８０cm以上ある上背に、髪型はパンチパーマ、洋服はブランド物のブルゾン上、下、ダイアを散りばめたロレックスの時計。どう見ても堅気の人間には**当底**見えません。現役のヤクザではないにしても、企業舎弟位だと思いました。良い物を身に付けていても、まるで垢抜けない田舎者のヤクザのようでした。

私が事前に、野崎から聞いた**話し**だと、「とにかく半端ではない金持ちで、中古車店もやっているし、金融も手広くやっているし、とにかく頼りになる人ですから、この人に付いていけば大丈夫ですから。」という**話し**だったのですが、喋り方といい態度も威圧的だし、スマートさが無い。こんな人が店にいたら、お客が怖がって寄り付かないだろうと思いました。

そんな事柄を頭の中で考えていると小松（編著者注・武史のこと）が、「頑張って店を立ち上げて、小銭を稼いで下さい。実績に応じて、売り上げの５％をバックしますから。」と得意気**に小松は**（編著者注・主語の重複）言っていました。私にしてみれば、新店立ち上げのノウハウと実績が欲しかっただけなので、適当に返事をしておきました。いずれにしても、長く**拘わりたくない**人物だと思いました。

そして、新店オープンが間近になったある日、私の目の前に現われたのが、小松和人、通称、浅倉でした。身長は武史と同じく１８０㎝以上、ただ武史と比べると実にスマートで、色白、癖毛でバックに流して、喋り方も優しい話し方で、少し前までホストでもやっていたのではないかと思わせるようなスマートな男でした。野崎の紹介によれば、浅倉はマネージャーということでした。

この時、私はまさかこの２人が本当の兄弟だとは露ほども思いませんでした。それほどにこの２人は、見かけから、態度からと正反対だったのです。どちらかといえば、武史は、目一杯、着飾って誇示するタイプだとしたら、和人の方は然り気無く、着飾るタイプといったものでした。

初対面の時は、何を話したかは余り憶えていないのですが、優しい言葉をかけてくれたような憶えはあります。この和人には折に触れて助けられる場面がありました。

＊　＊　＊　＊　＊

このように久保田は新聞の求人広告を見て、たまたま働くようになった池袋の風俗店で小松兄弟と出会い、２人に対照的な印象を抱いた。そしてほどなく、あるきっかけから店の大事な仕事を任されるようになり、小松兄弟との関係を深めていく。

＊　＊　＊　＊　＊

当初は二人三脚で店を立ち上げる予定だった野崎が暴走してしまい、よりによって店の売り上げを使い込んでしまったのです。この彼の暴挙に**驚ろいた**のは私だけではありませんでした。武史も和人もかんかんに怒ってしまい、間に私が入って頭を下げても駄目でした。

その後、この野崎は、他の店に預けられ、小松兄弟の監視下に置かれ、使い込んだ金の返済が終わるまで飼い殺しとなったのです。そうなると責任者は誰がやるのかという問題が生じてきます。小松兄弟の御指名で嫌々ながら、責任者となってしまった私でした。そうなると大変です。ファーストからの応援もありましたが、実質的には私一人で店を立ち上げなくてはいけなくなったのです。

その日から、家には**帰えらず**店に泊まり込む生活のスタートでした。利益が出ない状況だから人を雇う訳にもいかない訳です。朝は9時から店の掃除に始まり、各プレイルームの掃除、備品の補充から、接客業務と、ほぼ休み無しで、夜は深夜１時過ぎまでという毎日の繰り返しでした。正直、きつかったですが、辛いと思ったことは一度もありませんでした。やはり接客業が性にあっていた。だから楽しくて仕方が無かったのです。

そんな日々を送っていると、たまに武史が店に顔を出すことがあったのですが、上から人を見下したような物の言い方しかできず、いかにもオーナーだという態度しかできず、言いたいことをいうと**帰えって**行くのに対して、弟の和人は、「まだ忙しくて夕飯喰べてないのでしょう。良かったら弁当を買って来たので喰べて下さい。その間、私がフロントをやっていますから。」と優しく接してくれ、「この所休みを取ってないから、今日一日私が店に入りますからゆっくり休んで下さい。」といっては、何かと私のことを気遣ってくれました。

先程も申しましたが、まさにこの二人は**対象的**だったのです。今、**冷静的**に考えてみたら、二人は自分の役柄を演じていただけなのかもしれません。でも当時の私にしてみれば、和人の優しさが身に染みたのです。ですから、私にしてみれば、和人の気持ちにも一日でも早く応えようと思い頑張りました。

私は、当初３ヶ月で店を立ち上げるという目標を設定しました。３ヶ月経っても、店としての形ができ上がらなければ、その立ち上げは失敗で、営業戦略を根本から考え直さなければいけないこと。でも、そうなったら私自身のキャリアにも汚点を残すことになる。そして、一番の問題が運転資金の問題です。立ち上げに失敗したので、もう一度金を回して下さいという言葉は吐きたくなかったし、武史、和人にも頭は下げたくなかったのです。

その気持ちがお客に通じたのか、神に通じたのかは定かではありませんが、当初の目標通り、店は立ち上げ成功しました。これは私も初めての経験でしたし、大きな自信に繋がりました。利益も順調に出て、従業人を雇うこともできて、毎日の仕事が楽しくて性が無かったある日、小松武史がある男を店に連れて来たのです。

＊＊＊＊＊

以上、久保田が綴った手記のうち、和人が営む風俗店で働くようになり、小松兄弟と知り合った経緯を綴っている部分だ。

ここで大きなポイントは、久保田が当初から武史に悪感情を抱きつつ、和人には好感を抱いていたことだ。このような武史と和人に対する久保田の好悪の感情は、事件後、警察捜査に大きな影響を与えることになる。

第２章　共犯者たちの実像

久保田が詩織さんを刺殺した際、現場に同行した川上聡と伊藤嘉孝の２人も和人が営む風俗店で働いていた人物だ。久保田は、**〈４〉平成26年１月22日付け手記**（17ページの表を参照）で、この２人との出会いや２人の人物像についても詳細に綴っている。

＊　＊　＊　＊　＊

憎めない男だった川上聡

店の立ち上げも成功して、従業員を雇う余裕もできて毎日忙しい日を送っているある日、武史が一人の男を連れて店にやって来ました。武史が「こいつ川上というんだけど、以前は現場の仕事をしていたんだけど、どうも風俗の仕事に興味があるようなので、やらせてみようと**思んだ。**それで久保田さんに仕込んでもらおうと思って連れて来たので、ヨロシク。」というものでした。

この川上に対しての第一印象も良くありませんでした。身長は１７０㎝ちょっとなのに、体重はどうみても１００㎏はありそうな感じで、土管体型で、顔も現場焼けしているらしく、赤黒く、どうやら酒も好きそうな感じで、酒焼けもしているのではないかと思いました。武史は上背があり、横幅がありましたが、川上は、上背はないけれども横幅があり、二人並んだ姿は、兄貴分と舎弟にしか見えませんでした。いきなり、フロントの仕事を任せる訳にもいかないので、2～3日は、接客態度などを側で見て**憶**えてもらうことにしました。

最初の頃は川上も緊張していたのでしょう。口数も少なかったのですが、2～3日すると慣れてきて、結構**話し**をするようになりました。私は武史との関係が気になったので、聞いてみました。すると、どうやら以前は自分で現場へ職人を送り出す仕事をしていたが、経営がうまいこといかず、困っている所を武史に助けてもらったということでした。川上本人としては、そのことを随分恩義に感じているようでした。ですから武史については、悪い所は一切いいません。前述した野崎と一緒で、良くも悪くも人心掌握されているようでした。

そんな川上とも職場を離れることになりました。一緒に仕事をしたのも一ヶ月位だったと思います。武史の**話し**だと、他の系列店の店長の席が空席になってしまったので、**変わりに**川上にやらせてみるということでした。川上にとっては大抜擢でした。まあ古株の従業員も残っていましたので、うまく川上をサポートしてくれるだろうと思っていましたので、別段私は心配はせず、頑張って下さいといい、気持ち良く送り出しました。

それから何日かは川上の様子を見ていたのですが、結構彼なりに頑張っていました。風俗については、まるっきり素人のような男が物怖じせず、何とか店の従業員ともうまく溶け込んでいたのです。

もともと川上本人が楽天家で、余りくよくよ悩むタイプではなかったので、それが幸いして、お客に対してもフレンドリーさをもって接していたようです。私のような良くも悪くも風俗に**染った**男とは違う発想力で、広告代理店ともうまく付き合っていました。

ただ慣れてくると、どうしてもルーズな面が浮き彫りになってきて、営業が前夜遅くなって家に**帰れず、店に店泊する**のはいいのですが、営業時間が過ぎているのにも御構い無しに、いつまでも寝ている姿を毎日のように見ていると、川上さんは相変わらずだなあと呆れ返るばかりでした。武史に見つかって怒られなければいいがと思うばかりでした。

でも、川上という男は憎めない男でした。ある意味、彼の人徳だと思います。私も川上に対して怒りたい場面が何度もあったのですが、彼の笑顔を見ると、ついつい何も言えなくなってしまうのです。今、こうして振り返ってみても本当に憎めない。ある日、私が武史からクレームを付けられて関係がギクシャクしている時でも、私と武史の間に入ってくれたり、逆に私の愚痴を聞いてもらったりもしました。長く付き合っていくうちに愛着が沸く愛すべき男でした。

常に全力投球だった伊藤

そんな愛すべき男、川上が後に連れて来た男が伊藤でした。実は、伊藤と対面するまでに時間がありました。それというのも、武史がそのまま系列店に預けてしまったからです。その系列店の店長が不始末を起こして、その店長が逃げないように武史からいわれて見張って側にいたのが伊藤でした。**因に**この店長は更迭されました。武史と和人に幾らかのペナルティーを払った筈です。ですから、そんなどたばたした現場で初めて、伊藤と顔を合わせた訳です。

第一印象としては、メタルフレームの眼鏡を掛けて、髪型は**回り**をさっぱりと刈り上げた短髪で、Yシャツにネクタイ、スラックスと、どこからどう見ても会社員にしか見えませんでした。凡そ風俗には全く縁の無い人間にしか見えなかったのですが、私が一番**驚ろいた**のは彼がカーペットの上に正座をして静かに待っていたことです。その場の空気に馴染むこともなく、一人だけその姿が私には浮いているようにしか見えませんでした。その時、私はまだ紹介されていなかったので、何だ、こいつは何者なんだろうと頭の中で考えていました。

すると伊藤の方から「初めまして。伊藤といいます。宜しくお願いします。」と声をかけてきたのです。やがて、武史が現われて、「久保田さん。こっちは伊藤ね。はい、ヨロシク。」と紹介されました。そして**話し**を聞く内に、川上とは親友**同志**ということや、やはり現場系の仕事をやっていたということだったのですが、私から見たら**妙に**野暮っぽさもなく、話し方も非常に丁寧でスマートなのです。

この男はちゃんと仕込めば風俗で成功できるのではないかと私は確信しました。接客中でも馬鹿丁寧。私がよく川上や伊藤にいってきたことは、お客に対しては、いつ、いかなる時でも馬鹿丁寧、良くも悪くも馬鹿丁寧に接して下さい。勿論、女性従業員にも同じように接するようにということでした。それは、自分がもし逆の立場、お客の立場であったなら、ただでさえ、非合法なマンヘルに来店する訳ですから、特に初めてのお客であれば、心配で性が無い訳です。店に行ったら怖い人が出て来るのではないかとか、料金をぼったくられるのではないかとか、不安で性が無い訳です。だから、きちんとした対応と、身だしなみにも注意して、馬鹿丁寧に接する。これは私の営業理念でした。

ですから、店長以下、従業員全てにおいて、スーツとネクタイ着用を義務づけ、お客の嫌味にならない程度に御洒落をしなさいといってきました。そうすればお客も、風俗って夢があるんだなとか、儲かる商売なんだなというように思わせて、接しているお客一人一人に対して特別感を与えて、最初から最後まで良い気分で**帰えって**もらい、また気持ちよく遊びに来てもらう。それの繰り返しなのです。まあ、ここまで私が熱く語らなくとも接客業の基本だと思います。

ですから、伊藤に対しては、この男は磨けば光るし、直ぐに戦力になると思いました。私の予想通り、伊藤は仕事を**憶える**のは早かったと思います。毎日、顔を合わせていると段々と気心も知れてきて、川上、伊藤、私の三人で何度か飲みに行ったりもしたのですが、見掛けによらず伊藤は酒が強いのです。ビールも殆ど水を飲む感覚でした。ただ途中から目付きが怪しくなり、少し酒乱の気があるのではないかと心配した時もあったのですが、私の前では乱れることはありませんでした。

そして、伊藤にいえることは、常に全力投球という感じでした。毎日毎日、全力投球だと、疲れて性がないし、自分が壊れてしまうから適度に加減できれば良いのですが、どうやら、伊藤と私にはそれができませんでした。似た者同士といいますか、とにかく相通ずるものがありました。

一番悪い所は何でも自分独りで背負い込んでしまう所です。自分独りで考え悩まないで、**回り**に助けを求めるとか、相談できればいいのですが、何分、それができないのです。持って生まれた性格。損な性格だと自分では充分、認識しているのに駄目なのです。そんな性格が災いしてか、公私とわずに武史からいいように使われていたようです。

＊　＊　＊　＊　＊

以上、**〈4〉平成26年1月22日付け手記**のうち、久保田が川上、伊藤との出会いや、この2人の人物像について綴った部分だ。

久保田は伊藤と自分自身について、「毎日毎日、全力投球だと、疲れて性がないし、自分が壊れてしまうから適度に加減できれば良いのですが、どうやら、伊藤と私にはそれができませんでした」「一番悪い所は何でも自分独りで背負い込んでしまう所」などと評しているが、こうした久保田の性質は詩織さんを殺害するに至った大きな要因だ。そのことは、読み進めて頂けば、おのずと理解して頂けると思う。

なお、久保田はこの**〈4〉平成26年1月22日付け手記**で、伊藤との事件後のエピソードも綴っているのだが、その部分はのちほど紹介する。

第３章　犯行のきっかけ

桶川ストーカー殺人事件は、もとをただせば、和人が被害者の猪野詩織さんと交際し、ほどなく別れを告げられ、ストーカー化したために起きた事件だ。

しかし、久保田は実行犯でありながら、そのあたりの経緯については詳しくない。風俗店従業員の男たちが行なっていた詩織さんに対する嫌がらせについても、久保田はほとんど関与しておらず、どんなことが行われていたのかをよく知らなかった。久保田は、和人が営む風俗店５店の統括責任者だったため、そちらの仕事に専念させられていたためだ。

そこで、和人が詩織さんと交際し、凄絶な嫌がらせを行うようになるまでの経緯については、武史の裁判の確定判決（さいたま地裁の第一審判決）の認定事実に基づいて、説明しておきたい。

事件の９カ月前にあたる１９９９年１月上旬、和人と詩織さんは大宮市（現さいたま市）のゲームセンターで知り合い、交際するようになった。和人は詩織さんに対し、風俗店経営者であることは隠したうえで、「青年実業家」と称し、「小松誠」という偽名を名乗っていたという。そしてブランド物のバッグや洋服を次々に買い与えていた。

だが、そういう関係は長くは続かなかった。ほどなく詩織さんは女友達に「誠くんの束縛がすごい」などと話し、和人との交際が負担であることを打ち明けるようになっていたという。

さらに同3月になると、詩織さんは女友達に対し、こんなことを訴えるようになった。

「誠くんから、『俺と別れるんだったら、お前の親どうなっても知らないよ。お前の親をリストラさせてやる。一家崩壊させてやる』と言われたの…」

こうして詩織さんは、和人と真剣に別れようとするようになった。しかし、和人がそれを許さず、交際を断ち切れないでいたという。

そんな詩織さんとその家族に対する嫌がらせが始まったのは、同6月からのことだ。

まず、同月14日の夜8時過ぎ、和人は武史と知人の男Aを伴い、埼玉県上尾市にある詩織さん宅を訪れた。そして詩織さんと母親に対し、武史が「和人の勤務先の上司」、Aが「和人の勤務先の社長」と名乗ったうえ、「うちの社員が会社の金を横領した。お宅のお嬢さんに物を買ってやって、その金を貢いだ。娘さんも同罪です」「誠意を示せ」などと言って、詰め寄ったのだ。

そんな折、詩織さんの父親が帰宅してきて、武史らに対し、「女しかいないところに上がり込んでいるのはおかしいじゃないか。話があるんだったら、警察がいる前で話そう」などと言って怒鳴りつけた。そのため、武史らは退去したが、この際に武史は「ただじゃおかないからな。会社にいろんなものを送りつけてやるぞ」などと捨て台詞を吐いていたという。

そして同7月になり、詩織さんと家族に対する嫌がらせは過激化する。まず、詩織さんのことを中傷するわいせつなビラが詩織さんの自宅周辺や、詩織さんの通う大学の正門前、大学の近くの駅の構内などに大量に張り出されたり、ばらまかれたりした。さらに詩織さんの父親の会社にも、詩織さんと父親を中傷する同様のビラが大量に送りつけられた。

こうした嫌がらせは、武史が和人の意向をうけ、配下の男たちに指示して実行させたとされており、武史や和人、久保田、川上、伊藤のほかにも12人の男が名誉棄損の容疑で検挙されている。和人が営んでいた複数の風俗店には、こういう悪事を実行する人物が揃っていたのだ。

ただ、このように嫌がらせ行為がエスカレートする中、先述したように久保田はほとんど犯行に加わっていなかった。そんな久保田がなぜ、詩織さんを殺害する実行犯になったのだか。

久保田は、**〈6〉平成26年3月7日付け手記**（17ページの表を参照）において、嫌がらせ行為の内実について、自分の知る範囲で説明したうえ、和人のために詩織さんに危害を加える決意を固めるまでの経緯を綴っている。

＊　＊　＊　＊　＊

川上、伊藤と3人で被害者宅に行ったが…

和人らが被害者の人達にしていた嫌がらせの実態ですが、当時の私は余り詳しく把握していなかったのです。といいますか、仕事が忙しくて正直興味が無かったのです。

私が把握していたのは、武史を含めた**略全員**で、レンタカーなどを借りて、被害者宅周辺や、駅前、父親の会社への被害者の誹謗中傷ビラ張りと高島平団地での被害者の顔写真と自宅の電話番号が入った名刺の郵便ポストへの投げ込み。また**被害者や父親への誹謗中傷をした文面の封筒**

への入れる作業と封筒に切手を**張**りつける作業などです。

それと一度だけ、川上、伊藤と私の3人で被害者宅に行って、車にペンキをかけたり、飼っている犬に毒物を混ぜた餌を与えるという計画があって、現場まで行ったのですが、家の**回り**に近づいただけで犬がキャンキャンと鳴き叫び、それにつられて被害者家族が玄関から飛び出してくるという有様だったのです。

この時は車1台で、川上は運転手として車に残っており、私と伊藤の2人で**機を伺って**いたのですが、断念するしかなかったのです。用意をしていた、ペンキ（白）缶と、犬の餌については近所の空地に投げ込んで捨てました。ただこの時、私はただならぬ空気を感じていました。それは、被害者家族の余りにも素早い反応と、見ているだけでピリピリとした何ともいえない雰囲気を肌で感じたからでした。

これは何かおかしい。いずれにしても長居は無用だと思い、伊藤と川上を急かして、被害者宅を後にしました。私達は、もしかしたら警察に通報されているのではないかと思い、直接池袋に**帰える**のは止めにして途中にあったファミリーレストランで様子を見ることにしたのです。

私達は窓際に座って、時折外の様子を見ながら軽い**食時**をしました。何でも川上の**話し**を聞いていると、被害者家族が家の周辺をうろついて、一人車の中に残っていた川上の顔を覗き込んでいたようでした。恐らく車のナンバーも控えられていると思うので、この車で再度、被害者宅に行くのはまずいと私は思いました。

そして私は、その時感じた思いを2人に話しました。先程も申しましたが、被害者家族の異常過ぎるくらいの反応の素早さと、ピリピリとした雰囲気です。絶対におかしい。何か変だと、川上、伊藤、双方に話しかけました。２人は、「そうですね。少し異常ですね。」という**返事が返ってきました。**この時の私は、まさか私達の他にも、被害者宅に嫌がらせ行為をしている人間がいようとは思ってもいなかったのです。でも、もしかしたら川上と伊藤は知っていたかもしれません。案外、知らなかったのは私だけかもしれません。

実際、この日の夕方頃、武史が店に来て、被害者宅の車に「ペンキをぶっかけて、犬に毒物でも喰わせてみては。」「そうしたら少しは被害者家族も分かるんじゃないかな。」というものでした。この**話し**は、伊藤や川上の店にも武史が顔を出して指示を出していた筈です。

現に、伊藤がペンキを東急ハンズで購入していましたし、犬の餌に混ぜる薬品については、ドラッグストアで購入して用意していました。私は本当に気が乗りませんでした。しかも、店の営業が終わってから、車で高速に乗って、現場に行かなければならなかったからです。でも武史に頼まれたからにはいい加減な対応も出来ず、とにかく結果を出すしかないと思いました。

話しはファミリーレストランに戻りますが、私達３人は色々と善後策を出しあいましたが、決定的な考えが何一つ出ないまま、武史に詳細を報告するしかないということで考えがまとまりました。店の方には１時間位いたと思いますが、窓から外の様子を見ていてもパトカーの姿も見えなかったので、私達は席を立ち、店を後にし、重い足取りで車に乗り込み、池袋へと**帰えった**のでした。翌日、武史に報告した伊藤は武史から、さんざん嫌味をいわれたことと思います。

ただこうやって当時を振り返ってみても、私が直接武史から拉致監禁やレイプに関しての指示を受けた憶えがないのです。大体が間に伊藤が入って、武史の指示を私に伝えていたように思います。武史が私に直接指示するのが面倒だったのか、伊藤にいえば、皆に指示、**話し**が伝わると思ったのかどうかは、私には分かりませんが。

ただ私自身漠然ではありますが、指示を出している背後には和人の被害者本人に対する強い思いがあったことは理解できました。可愛さあまって憎さ百倍というのでしょうか。風俗業で成功して、大金を手にしたにも関わらず、どうしても手に入れられない物がたった一つあった。それが、好意を寄せた一人の女の愛情だったとは、余りにも皮肉ではないでしょうか。

確かにこの時分の和人は普通ではなかったかもしれません。現場には全くといっていいほど顔を出さなくなりましたし、伊藤の**話し**によると以前住み慣れた沖縄に行っているということでした。また、伊藤や武史を介して聞こえてきた**話し**が、「結果が出ていない。皆、私の為にやってくれているのだろうか。」というものでした。

この結果が出ていないというのは、被害者宅や父親が勤めている会社にも、さんざん嫌がらせをやっているが、父親が会社を辞めずに今にいたっていることと。被害者本人から和人に対して、謝罪や、泣きごとをいって来ないことに和人自身が苛立ちを感じていたのだと思います。

それともう一つ、この嫌がらせ行為を行うにあたって、和人は活動費として、かなりの金額を注ぎ込んでいたのです。(数千万円)ですから、そういった面でも、和人自身が気がかりだったのです。

沖縄で和人と二人だけになる時があり…

そして、ある日武史から、「マネージャーが居る沖縄に行って皆で元気づけてあげよう。」ということになり、武史、私、伊藤、川上、杉沢（他店店長）の５人で沖縄に行くことになりました。

季節は夏でした。当初の予定としては、二泊三日だったのですが、台風の影響で飛行機が飛ばず、**帰える**のが二日位遅れてしまいました。沖縄に着いたその日から**帰える**までの間、私達は毎日、和人と行動を共にしました。沖縄で逢うまでは、私も和人のことが心配だったのですが、顔色は悪くはなかったし、**話し**をしていてもごく普通だったので、一安心しました。

沖縄に着いて二日目だったと思います。天気も良かったので皆と近くのビーチに行きました。小さな観光船のような物に乗って、海を眺めたりしながら、しばし私は観光気分になり、**頭初**の問題などを忘れて**しまいがち**だった時でした。場面で私と和人の二人だけになる時がありました。他の者は海に入ったり、何やら買い物に行っていなかったのです。

和人が「皆私の為に一生懸命やってくれていますか。」私は「ええ、皆頑張ってやってくれていますよ。」と答えたのですが、正直、仕事の営業面が気になっているのか、それとも例の嫌がらせ行為について和人がいっているのか分からなかったのです。

ですが、次の和人の言葉で疑問は解けました。彼がいいました。「久保田さん、私は彼女と刺し違えることも考えたのです。」私はこの和人の言葉に、浮かれ模様だった観光気分が一気に吹き飛んでしまいました。

きっと普段の私なら「いい男が、たかが女の一人や二人のことで、いじいじ女の腐ったようなことをいってんじゃあないよ。」と一笑する所なのですが、不思議と私は、この人は哀れだな。不憫な男だなと思ったのです。

私にいわせれば、彼は身長180cm以上、顔は優男だし、身に付けている物は全てブランド品、車はベンツしかも二台。風俗で成功して金にも不自由せず、何の苦もない男がと思っていた私でしたが、彼の**危機迫る**表情にとうとう私も腹を括りました。私は「マネージャーの無念は私が晴らします。」と和人に約束しました。ほんの一瞬ではありましたが、和人の表情が和らいだのを憶えています。

このことがあってから、東京に戻っても、毎日どうすべきか。どうすれば和人**が**納得してもらえるのだろうかと無い頭で考えていました。

＊　＊　＊　＊　＊

以上、**〈6〉平成26年3月7日付け手記**の内容だ。

久保田は前掲の**〈3〉平成26年1月16日付け手記**で綴っていた通り、和人には好印象を抱いており、恩義も感じていた。そのため、和人が「彼女と刺し違えることまで考えたのです」と言った時、その言葉に突き動かされるように「マネージャーの無念は私が晴らします」と申し出た。このように自分で自分を追い込んだことにより、詩織さんに凶刃を向けざるをえなくなったのだ。

第4章　謀議と葛藤

「マネージャーの無念は私が晴らします」

久保田は沖縄で和人にそう申し出たが、東京に戻ってからは具体的に何をすればいいかを考え、悩む日々だった。そんな久保田がどのような経緯で詩織さんに凶刃を向けるに至ったのか。

その答えが示されているのが、**〈7〉平成26年3月13日付け手記**（17ページの表を参照）だ。

これには、現場に同行した川上聡、伊藤嘉孝の2人と久保田が行った謀議の内容や、犯行に至るまでの久保田の心情が詳しく綴られている。

＊　＊　＊　＊　＊

自分で後戻りできない状況を作り出した

いつも利用する喫茶店ルノアールで、私、伊藤、川上の三人で、いつも通りの打ち合わせをやっている時でした。武史の方から、被害者の拉致、監禁、レイプ場面の撮影などの指示があったのですが、私としてはどうも現実的ではないというか、果たしてそこまでやる必要があるのか。という強い反発心があったのです。

和人は本当にこんなことを望んでいるのだろうか。仮にこんなことをして、後から彼女が詫びをいれたならばまた縒りを戻すつもりでいるのだろうかと、私は考え込んでしまったのです。

そこで私は、伊藤、川上に向って宣言したのです。

「私がナイフで彼女の顔でも斬り付けてやりますよ。顔は女の命だっていうでしょ。それ位やれば二度と立ち直れないでしょ。」

この時、私は伊藤と川上に宣言することによって、もう二度と後戻り出来ない状況を作りだしたのです。そして、その日の内に私は、池袋の東急ハンズのナイフ売り場で、両刃のナイフ、スミス・アンド・ウエッソン社**制**を購入したのです。

後は、実行するだけとなりました。自分で後戻りできない状況を作り出した自分自身に少し後悔しながら、事件当日まで長い日々を送ることになったのです。そして、その機会がいつ訪れるか分からないので、ナイフをいつも近くに置いといた方がいいと思い、私が個人的に使用しているクローゼットの中に保管して、いつでも取り出せるようにしていたのです。

また、決意が鈍らないように時々、ナイフを取り出してみては、そのナイフの輝きに心を奪われそうになっていました。

思えば、私は被害者とは一面識もありませんし、恨みなど当然ありません。しかも相手は若い女です。できれば、こんな馬鹿なことはやるべきではない。でも、和人には目に見える結果を示さなければいけないし、沖縄で和人に約束したのは誰でもない、私なのだから。と毎日がこんな考えの繰り返しでした。

しかも、店の売りも注意しなければいけないし、グループ店全体の流れも把握していなければいけないし、私はこの時期、肉体的、精神的にもきつかったです。武史、和人からいいように、グループ統括責任者として指名されていたからです。

私という人間は、いつもそうなのですが、何でも自分一人で背負い込んでしまう。損な役回りを自分から進んで引き受けてしまうという面があるのです。葛藤の連続でした。そして、当日私は何かにつかれたように、クローゼットからナイフを取り出して、身につけて、池袋を後にして、桶川に向かったのです。

＊　＊　＊　＊　＊

以上、**〈7〉平成26年3月13日付け手記**の内容だ。

結局実行はされなかったが、武史から久保田らに対し、〈被害者の拉致、監禁、レイプ場面の撮影などの指示〉があったという話に怒りを覚えた人もいると思われる。ただ、武史が本当に久保田にそのような指示をしたのかと言うと、疑問を差し挟む余地がある。

というのも、武史本人が裁判でそのような指示をしたことを否定しているのに加え、久保田も前章で紹介した**〈6〉平成26年3月7日付け手記**において、以下のように綴っているからだ。

〈ただこうやって当時を振り返ってみても、私が直接武史から拉致監禁やレイプに関しての指示を受けた憶えがないのです。大体が間に伊藤が入って、武史の指示を私に伝えていたように思います。武史が私に直接指示するのが面倒だったのか、伊藤にいえば、皆に指示、**話し**が伝わると思ったのかどうかは、私には分かりませんが〉

つまり、久保田らは当時、武史の指示を伊藤から間接的に聞くことが多く、〈被害者の拉致、監禁、レイプ場面の撮影などの指示〉も伊藤から聞かされたものだった可能性があるわけだ。ということは、武史はそのような指示はしていないのに、伊藤が何らかの事情から久保田らに対し、武史からそのような指示があったように誤った情報を伝えた可能性も否めない。

そういう意味では、事実関係を見極めるためには伊藤に対する事実確認も欠かせない。そして実際、私は2013年から2014年にかけて、大分刑務所に服役していた伊藤とも手紙のやりとりをしたのだが、伊藤の話は曖昧なところが多く、事実関係を見極めることができなかった。また、その後出所した伊藤が大分県中津市で暮らしていることを突き止め、私は今年（2020年）7月、改めて手紙で伊藤に取材を申し入れた。しかし、今度は取材自体が叶わなかった。伊藤がガンで亡くなっていたためである。

伊藤の代わりに私の手紙を受け取った伊藤の弟によると、伊藤が亡くなったのは昨年（2019年）10月のこと。私は伊藤が亡くなるよりずいぶん前に中津で暮らしていることを把握していたので、もう少し早く取材に動いていればと悔やまれた。

他方、久保田が**〈7〉平成26年3月13日付け手記**に綴っている通り、川上、伊藤との謀議において、「私がナイフで彼女の顔でも斬り付けてやりますよ」と宣言し、事件当日に現場に向かったのであれば、久保田はこの時点ではまだ詩織さんを殺害しようとまでは考えていなかったことになる。それはすなわち、犯行の現場に同行した伊藤と川上も事件当日、現場に向かう際は久保田が詩織さんを殺害するとまでは思っていなかったということだ。

つまり、桶川ストーカー殺人事件は、犯人たちが事前に猪野詩織さんを殺害することまで計画していた事件ではなかったのである。

〈付記〉 刑務所に妨害された取材

この事件を取材する中、刑務所に取材を妨害され、私は解決のために裁判をしなければならなかった。その顛末をここで報告しておきたい。

まず、小松武史とは、2012年から手紙のやりとりを重ねたが、千葉刑務所は2013年7月、突如として私と武史の手紙のやりとりを禁じた。面会は元々許されていなかったため、それから4年余り、私たちは武史の父親を通じて最低限の用件を伝え合うことしかできなかった。

手紙のやりとりは2017年9月に再開できたが、それは私と武史が千葉刑務所の処分は違法だとして千葉地裁に国家賠償請求訴訟を起こし、勝訴したためだ。その審理中にわかったことだが、千葉刑務所は私のことを「受刑者が信書を発受することにより、矯正処遇の適切な実施に支障を生ずるおそれがある者」にあたると判断し、「刑事収容施設及び被収容者等の処遇に関する法律」の第128条に基づき、私と武史の手紙のやりとりを禁じたらしかった。私と武史は手紙で久保田や川上、伊藤ら「共犯者たち」のことをよく話題に出していたので、私が武史に「共犯者たちの動向などを伝達・仲介していた」と認定したという。

だが、この事件の構造上、武史の冤罪主張の真偽を見極めるには、共犯者たちの言動や主張を武史にぶつけ、事実関係を問い質すことは不可欠だ。千葉刑務所の処分は完全な言いがかりだった。

千葉地裁は千葉刑務所の処分を違法と認め、私は武史への取材を再開できたが、時間のロスや訴訟に費やしたコストは小さくない。これらは判決で認められたわずかな慰謝料では回復不能であり、今思い出しても腹立たしい。

また、この訴訟の中では、千葉刑務所が他にも

1つ、取材妨害をしていたことがわかった。

実は「運転手役」とされた川上聡も千葉刑務所に服役していたのだが、私が2回出した取材依頼の手紙に対し、川上からの返信はなかった。そのため、川上は私の取材を受ける意思が無いのだと思っていたが、実際は千葉刑務所が私の手紙を川上に交付していなかったのだ。それは、国家賠償請求訴訟の審理中、被告の国側から提出された千葉刑務所の内部文書から判明したことだ。

千葉刑務所がこの措置をとったのは、私と武史の手紙のやりとりを禁じたのと同じ理由だと思われる。いずれにせよ、そのせいで川上が服役中、私は川上に取材ができなかった。

今年、川上の出所後の住居が判明したので、取材依頼の手紙を出し、家を2度訪ねたが、応答はなかった。殺人事件の犯人とされ、長く服役した川上にとって、今さら取材の依頼をされても迷惑なのだろう。服役中ならば、取材を受けてもらえる可能性は比較的高かったはずなので、千葉刑務所の取材妨害は返す返す腹立たしい。

また、大分刑務所で服役していた伊藤嘉孝とは、2013年から2014年まで手紙をやりとりしたことを第4章で記した。実は2014年で手紙のやりとりが終わったのは、大分刑務所も私と伊藤の手紙のやりとりを禁じてきたためだ。

千葉刑務所が武史と私との手紙のやりとりを禁じたのと同じ理由からの措置と思われるが、伊藤については、裁判をやる余裕など無く、これで交流が途絶えた。伊藤が出所後、居住先は突き止められたが、伊藤が亡くなっており、取材できなかったというのは第4章で記した通りだ。

こうした各刑務所の不当で、違法な処分は、事件の真相と直接的な関係はない。だが、何らかの形で記録として残したく思い、ここに付記した。

なお、私と武史が勝訴した国家賠償請求訴訟の判決は裁判所のホームページで公開中だ。事件番号は平成27年(行ウ)第29号で、判決日は平成29年9月8日だ。関心のある方はご覧頂きたい。

第5章　決行と復讐

いよいよ迎えた事件当日。久保田がＪＲ桶川駅前の現場に向かう際には、川上が運転手役を務め、伊藤も見届け役として同行した。ここまでは、事実関係に争いはない。

では、ナイフで詩織さんの顔を斬りつけるだけのつもりだった久保田はなぜ、詩織さんを殺害するに至ってしまったのか。事件当日の出来事が詳細に綴られた**〈2〉平成25年12月?日付け手記**（日にちは記載漏れ、17ページの表を参照）には、そういう事件の核心に迫る情報も示されている。

なお、この**〈2〉平成25年12月?日付け手記**では、川上がＫ、伊藤がＩと匿名表記されている。また、武史についても、風俗店で働く時に使っていた「一条」という偽名で表記されている。これは、久保田が表記の統一などは気にせず、自分の記憶が蘇ってくるままに便せんにペンを走らせていたためだ。

以下に紹介する**〈2〉平成25年12月?日付け手記**では、Ｋは川上、Ｉは伊藤、一条は武史であることをその都度、※印をつけて注記した。

＊　＊　＊　＊　＊

何かに突き動かされるようにして、彼女の後ろ側に忍び寄った

１９９９年10月26日、時刻は昼過ぎ、私は埼玉県桶川駅前の路上に立っていました。正確には、２時間位前から桶川には着いていたのですが、着いたのが早過ぎた為に、私は桶川駅近辺を何度も、うろついていました。実は前日も桶川に来て、入念に下見をして逃走経路なども確認をしていたのです。

その時のメンツも、運転手役にＫ（※川上）、見届け人にＩ（※伊藤）と私を含めた３人で来ていたのです。またターゲットである彼女が自宅から桶川駅に来る大体の時間も、容姿も確認していました。そして事件当日に**致った**訳です。

ですが、予定の時間になっても、桶川駅前に彼女は姿を現わしません。時間だけが刻々と過ぎていきました。時刻は午後一時前です。私は、このまま今日彼女が何かの事情で来ないのではないか。いや、できれば今日はこのまま来ないでくれと心の中で呟いていました。

ですが、現実は厳しく、そんな甘いものではありませんでした。様子を見に行かせていた、見届人のＩ（※伊藤）から携帯に連絡があったのです。それによると彼女は前日と同じく自転車に乗って、自宅を出たのです。Ｉ（※伊藤）と私は携帯電話が繋がった状態で、頻繁にやり取りをしました。

そうこうしている内に桶川駅前の通りを、彼女が自転車で向って来るのが私の目に入りました。そこで私は覚悟を決めました。逃げては駄目だ。やるしかない。腹を括るしかない。そして、何

も知らない彼女が私の目の前を通り過ぎ、昨日と同じ場所に自転車を止めていました。

その頃には、I（※伊藤）も車を走らせて、桶川駅前に着いていました。私は何かに突き動かされるようにして、彼女の後ろ側に忍び寄っていきました。

当初の予定では、ナイフで女の生命である顔を切り刻むとI（※伊藤）とK（※川上）に**広言**していた私ですが、もうこんなことは終わりにしよう。嫌がらせ行為をするのも沢山だ。全てなかったことにしなければ駄目だ。それと和人の気持ちに報いなくてはいけない。彼自身も深く悩み傷付いた筈だ。刺し違えることまで考えたという彼の言葉に嘘はなかった筈だ。じゃあ、私はその言葉を信じて行動を起こすしかないではないか。気が付いた私は、彼女の背中を刺していました。しかも**驚ろいて**振り向いた彼女のみぞおちも刺していたのです。

手答えは何もありませんでした。しいて例えるなら、豆腐に包丁を刺したような感覚でした。膝から地面に崩れ落ちていく彼女を見ながら、私は彼女に後ろ姿をみせて、その場から走り去ったのです。背後に彼女の悲鳴、叫びを聞きながら、そして、なるべく動揺をK（※川上）に悟られないように彼の車に乗り込み、桶川駅前を後にしました。

車内でも私はI（※伊藤）と携帯電話でやり取りを続けていました。その時、I（※伊藤）の発した言葉に私は強く反応しました。現場は血の海です。という一語でした。

私は、これで終わりだ。彼女は助かるまい。そして、私は人間としての一線をとうとう越えてしまった。後戻りはできないし、時間を戻すこともできない。こういう最悪の結果になることは予め分かっていたにもかかわらず、何故か私は呆然自失だったのです。

そういう状態の私ですから、池袋までの道のりは、どこをどう走って**帰えり**着いたのかよく憶えていません。桶川までは高速は使いましたが、**帰えり**は高速を使わなかったことだけは憶えていました。ただ、Ｉ（※伊藤）とＫ（※川上）が何度か携帯で連絡を取り合い、道順を確かめていました。

＊　＊　＊　＊　＊

さて、あなたはどう思われただろうか。

詩織さんの顔をナイフで斬りつけるつもりだった久保田が、結果的に詩織さんの背中やみぞおちを刺し、殺害するに至った事情は理路整然と説明されているわけではない。

しかし、〈私は何かに突き動かされるようにして、彼女の後ろ側に忍び寄っていきました。〉〈気が付いた私は、彼女の背中を刺していました。しかも**驚ろいて**振り向いた彼女のみぞおちも刺していたのです。〉などという書きぶりには、久保田が現場で冷静さを失って舞い上がり、わけもわからないうちに詩織さんを殺害してしまったことが示されている。

要するに、久保田は和人のために詩織さんに危害を加えようとしたのは事実だが、詩織さんを殺害することを誰かに指示されたり、頼まれたりしたわけではなかった。また、現場に同行した伊藤や川上との間で事前に詩織さんを殺害する謀議が成立していたわけでもなかった。詩織さんの殺害は、実行犯の久保田が現場で一人で暴走して敢行したことだったのだ。

では、そうであるにもかかわらず、なぜ武史が詩織さんを殺害した「首謀者」だったことにされてしまうのか。久保田はそのことに関する真相も**〈2〉平成25年12月?日付け手記**に詳しく綴っている。

＊　＊　＊　＊　＊

武史だけは許さないと思った

池袋に**帰えり**着いた後、一条（※武史）からI（※伊藤）の携帯に連絡が入って、3人で赤羽のカラオケボックスに来てくれというものでした。それを聞いて、私はまず着ていたスウェット上下を脱ぎすてて、営業用のスーツを着用して、I（※伊藤）もK（※川上）も同様でした。本来なら、赤羽までは電車で行けば早いのですが、私自身が疲労困ぱいしており、電車の乗り降りがとても億劫だったので、3人がタクシーに分乗して赤羽へ行きました。

指定されたカラオケボックスは、赤羽駅の近くでした。私達3人は足取りも重く、一条（※武史）の待つ部屋に行きました。すると一条（※武史）の他に、中古車店を任せている男性が待っていました。私は開口一番、一条（※武史）に対して、申し訳ありませんでした。こうでもしなければ和人が納得しないと思ったのですと一条（※武史）に告げたのですが、一条（※武史）からかえってきた言葉は、そんな訳ないだろ。何てことをしてくれたんだ。という冷たい言葉でした。

私は頭を下げることしかできませんでしたが、そもそもの事の発端は、お前の弟の問題でここまで**話し**が拗れて、こういう最悪の結果になったのではないかという思いが私にはありましたが、その言葉を出るのを胸の内に留めました。

そうこうしている間に、今後の善後策を話していたのですが、一条（※武史）が、久保田さんが居なくても、店の方は大丈夫か。大丈夫なら現場の方は、スタッフに任せて、現場から離れた方が良いというのです。私は、とかげの尻尾切りだなと思い、以前から一条（※武史）に芽生えていた不信感を強く意識しました。

私はこれまで一条（※武史）や和人に対して、私心を捨てて、尽くしてきました。それは当然のことながら、お金です。数字を上げる、利益を上げる。毎日、その事柄で頭が一杯でした。グループ店を入れたら5店舗、その中で、自前の店を2店舗経営していた私でしたが、一条（※武史）の要請を受けて、グループの統括責任者として、日々身を削るように**働らいてきた**私でした。その私を現場から外して、自分の米びつを、利益を守ろうというのです。私は、さんざん利用されてこのざまかと、何だか自分自身が大変情けなくなってしまったのです。

最後の止めが一条（※武史）のここに一千万が有るから、弁護士費用にあててくれというものでした。弁護士費用とは聞こえはいいのですが、**用は**手切れ金ということです。私のこれまでの評価が、実績が、キャリアが、たったの一千万円で片付けられてしまったのです。

この一条（※武史）の仕打ちに、私のプライドは粉々に砕け散ってしまいました。この出来事が決定的となり、以降の事件後の流れを左右することになります。私は、ひとり保身に走る一条（※武史）に対して何の感情も持てずにいましたが、逆に憎悪がどんどん胸の内に膨らんでいくのを感じました。

私は、この先何かあっても和人だけは守ろう。彼だけは何とか巻き込まないようにしようと固く心に誓いました。**例え、自から自首する**にしても、また逃亡するにしても、遅かれ早かれ警察の手が迫ってくるのは時間の問題だと分かっていました。被害者と和人の関係を調べれば一目瞭然です。警察も馬鹿ではないから、事実関係は直ぐに分かる筈だ。私は手切れ金の一千万円を持って、カラオケボックスを後にして、逃亡生活に入りました。

普段でしたら、毎日うるさいくらいに携帯に連絡をしてきた一条（※武史）でしたが、それっきり彼からの連絡は一切無く、試しに私から連絡を取ろうと思っても連絡は取れませんでした。ー（※伊藤）の方にも連絡を取って一条（※武史）からの連絡を待ちましたが、駄目でした。思えば、手切れ金を受取った時点で、一条（※武史）との縁はとっくに切れていたのです。それでも私は、あいつだけは、一条（※武史）だけは許さないと思いました。

そして、私の逃亡生活も50日を過ぎた頃です。私は池袋の**豊島公開堂前**で、張り込み中の埼玉県警の警察官に**回り**を囲まれて、拉致される型で連行されました。**一担**、身柄を朝霞警察署に移されて、簡単な調べが始まりました。

この時はまだ任意の段階だったのですが、私は開口一番、一条（※武史）に頼まれて、殺しました。と自供を始めました。警察官の間違いないね。という言葉に私は間違いありません。と答えました。

本来ならば、一条（※武史）から殺人の依頼などなく**悪魔でも**拉致監禁と、レイプの場面をビデオで**録る**ことが当初から指示されていることでした。殺してくれ、殺ってくれ等々の指示は一条（※武史）から一切ありませんでした。でも、私は自分だけ貧乏くじを引いたという思いが強く、私に対する理不尽な態度に、一条（※武史）を巻き込んで復讐してやろうと考えたのです。

＊　＊　＊　＊　＊

警察、検察が武史のことを事件の首謀者だと判断した最大の根拠は先に述べた通り、実行犯である久保田が「被害者を殺害したのは、武史に頼まれたからだ」と証言したことだった。しかし、この証言は事実ではなかった。久保田がもともと武史に悪感情を抱いていたのに加え、事件後に〈とかげの尻尾切り〉のような扱いをうけたため、復讐心からなされた虚偽の証言だったのだ。

もっとも、久保田がこの手記を書いた時点では、事件から14年余りの年月が過ぎていた。この頃の久保田は、武史に濡れ衣を着せたことに良心の呵責を覚えており、巻き込む形になってしまった伊藤と川上に対しても申し訳ないという思いを持ち続けていた。

そのため、**〈2〉平成25年12月?日付け手記**の最後では、長年胸の内に溜め込んでいたものを吐き出すように、この事件の真相を改めて強く訴えている。

＊＊＊＊＊

これは冤罪です

これで私達４人の殺人の共謀共同正犯が成立したのです。ですから、その辺の事情を知らない、見届け人のＩ（※伊藤）や運転手役のＫ（※川上）に対しては、巻き込んでしまい、大変申し訳なかったと今でも思っています。彼等２人にしてみれば、被害者を拉致するか若しくは、ナイフで顔を斬り付けるくらいの認識しかなかったのですから、当日の私の行動に彼等は正に、寝耳に水の心境だったと思います。

もうすでに私の中では、一条（※武史）から指示されていた拉致、監禁、レイプのビデオ撮影だけでは当の本人でもある和人も納得はしないだろう。刺し違えることも考えた。というのは彼の本心だった筈だ。なら殺るしかないだろう。勿論、その時、その場面で私は和人からも殺害の依頼**も**受けていません。**悪魔でも**私が考え、行動した結果なのです。

ですから、これは私の暴走です。何故暴走なのか、それは和人自身が、被害者の後を追うように**自から**の生命を絶ったからです。私が暴走したことによって**性じた**波紋がもう一人の生命を奪う結果になった訳です。

もうこれ以上の悲劇の連鎖を断ち切る為にも、真実を語らなければいけない。また私自身も良心の呵責に耐えられなくなったのです。

私は一条（※武史）から被害者への殺害の依頼は受けてなく、勝手に先走って、被害者を死なせてしまった、私の暴走です。ですから、彼は共謀共同正犯の一人ではありません。彼は無実です。これは冤罪です。もう一度いいます。彼は無実です。この事柄が取り上げられて、彼が一日でも早く、獄から**開放**されることを願っています。また名誉が回復されることも祈っています。

＊　＊　＊　＊　＊

以上、**〈2〉平成25年12月?日付け手記**の内容だが、ここで示された真相はこういうことだ。桶川ストーカー殺人事件は、小松和人が被害者の猪野詩織さんと交際し、別れを告げられ、それをきっかけに嫌がらせを行うようになった延長線上で起きたものであることは間違いない。しかし、和人の兄・小松武史の指示や依頼により、久保田祥史が川上聡、伊藤嘉孝の２人と共にＪＲ桶川駅前に赴き、詩織さんをサバイバルナイフで刺して殺害したというこの事件の筋書きは、久保田の虚偽証言から生まれた虚構だったのだ。

第6章　取調べ

「被害者を殺害したのは、武史に頼まれたからだ」

久保田が警察に身柄確保された際、そう証言したことにより、この事件の捜査は真実とかけ離れた方向へと動き出した。では、捜査機関の内部で「武史＝事件の首謀者」という誤った筋書きはどのように作られていったのか。久保田は取調べの状況を綴った**〈8〉平成26年3月27日付け手記**（17ページの表を参照）で、それをつまびらかにしている。

＊　＊　＊　＊　＊

一千万円で私を使い捨てにした武史が許せなかった

私は、1999年12月19日に池袋の豊島公会堂まえで逮捕されました。正確には、この時まだ逮捕状は執行されておらず**悪魔でも**任意の筈だったのですが、私服警官5人に取り囲まれ、両脇を取られて、まるっきり身動きできない状態で車に連れ込まれたのです。

私は警察だというのは分かっていましたので、無駄な抵抗はせず、身を任せました。車は、白の乗用車で警察車輌ではありませんでした。私は後部座席に座らされて、私の両脇には警官が固めていました。私の左側に座った年配の警官が「いやあ、久保ちゃん探したよ。会いたかったよ。」と話しかけてきました。私は、池袋に現われるのを、この警官はずっと張り込んでいたのだと思いました。私のこの時の**心況**としては、とうとう捕まったか。できれば、年が明けるまでは捕まりたくはなかったな。というものでした。

車中では、他愛のない**話し**をしていたのですが、最初に連れて行かれた所は、朝霞警察署でした。裏口から階段を上がり、中に入ると廊下の両側に幾つかの扉が有り、その中の一室に入りました。目の前にあったパイプ椅子に腰を下ろして、私の対面に座ったのは、あの年配の警官でした。

どちらが先に話しかけたのか、記憶が定かではないのですが、私は「私が彼女を殺しました。武史に頼まれて殺しました。」というと警官は「間違いないね。本当だね。よし分かった。」というと**一担**、その場から席を外し、他の警官が私の対面に座ったのですが、「どうして、久保ちゃん、あんなことやったの」と話しかけられたりしたのですが、私は無言のまま、このまま武史から被害者の殺害を依頼されたという筋書きを最後まで通すことを胸に誓ったのです。

このまま逮捕されて自分だけ馬鹿を見るのは、とても腹立たしいし、たった一千万円で私を使い捨てにした武史が、私は許せなかったのです。実は数日前にも、伊藤に連絡を取り、武史に私の方に連絡をくれるように頼んだのですが、武史からの連絡は何ひとつとしてなかったのです。自己保身に精を出す彼にいいようのない怒りがあったのです。元々ことの**初まり**は、小松兄弟なのです。私達を自分達の私情に巻き込んだ責任が彼等にはある筈です。最後まで付き合ってもらって、責任を取ってもらうべきだと思ったのです。

やがて先程の年配の警官が戻って来て、逮捕状をつきつけられました。罪名は殺人。時刻を告げられ、両手に手錠をかけられました。

私は「何年振りだろう。この冷たい感触、久し振りだろうか。今日はやけに手錠が重たく感じる。」実は、私が手錠をかけられたのは3度目でした。1度目は未成年の時で、2度目は22歳の時で、どちらとも当時、暴力団に所属していた時に犯した罪で逮捕された時でした。3度目だから少しは慣れている筈なのに、どうもこればかりは慣れません。

それから朝霞署を後にして向かったのは上尾署でした。逮捕された時はまだ昼間だったのに、上尾署に着いた時には、真っ暗でした。また、どこから情報を入手したかは分かりませんが、報道陣からの大量のフラッシュの洗礼を浴びることになりました。車から降り、裏口から外階段を上がって行く時もカメラのフラッシュが止むことはありませんでした。

取り調べ室に入って、**一担**、手錠を外してもらいコンビニの弁当を出されました。私は全くといってよいほど食欲がなかったのですが、明日以降の本格的な取調べに対して備えなければいけないと思い、弁当を残すことなく食べました。

食時が終った後、「久保ちゃん。それじゃあ明日。」といわれ、私は留置場に連れて行かれました。**全**に消灯時間が過ぎているらしく、辺りは静まりかえっており、照明も落ちていました。大体、消灯時間が9時なので、時刻は9時過ぎだと分かりました。

荷物や所持金等の検査を終えて、ようやく鉄格子入りの部屋に入りました。気分としては、動物園に入れられた動物達と同じ心境でしょうか。布団を敷いて横になったものの、神経が高ぶって**仲々**寝付けません。高い天井を見上げながら私は「取り返しのつかないことをした。一体、私の**人生て**何だったのだろう。」と自問自答していました。答えは、簡単には出せませんでしたが、ただひとつだけいえるとすれば、〝身から出た錆〟だったのです。その一言に尽きました。やがて、私はいつしか眠りに落ちていきました。

復讐の鬼と化した私と警察の思惑が一致した

翌朝から本格的な取調べとなりました。私の取調べに付いたのが二名の捜査官でした。一名は前日私の身柄を押さえに来ていた年配の刑事、山崎鉄男警部補（当時）、もう一名が所轄署である上尾署の巡査部長（当時）でした。尚、この巡査部長に関しては名前を思いだすことができませんでした。

連日連夜、朝から夜まで取調べが続きました。その中で私が主張してきたことは、私は武史に頼まれて被害者を殺害した**」**というものでした。武史が私に「俺を男にすると思って殺ってよ。久保田さん頼むよ」と私の供述は一貫して変わりませんでした。また変えようとも更々思いませんでした。

捜査官も大した疑問を持つでもなく、私の供述通りに調書をまとめていました。きっと捜査員も私の前科を調べて、暴力団思考に私がなり、男気にかられて、被害者を殺害したのだろうと思っている節がありました。ですから、警察の取調べで、変な駆け引きや誘導なども一切有りませんでした。

殺害後に武史から、赤羽のカラオケボックスに呼ばれて、現金一千万円を渡されましたが、武史は本来、この一千万円は「弁護費用にしてくれ」というものだったのですが、私は「殺害した報酬としての一千万円」と終始一貫して、これも主張してきました。

警察での取調べと同時進行で、検事調べもありました。私は、「警察での調書で間違いないから、全てその通りだ」と言い、検事調べに際しては協力しませんでした。というのも、この検事が本当に絵に描いたような権力をひけらかすような人間だったからです。ある日、検事調べでまた呼ばれたのですが、私の**話し**を聞いたと思ったら、立ち上がり部屋を出ていき、また部屋に戻ったりという行動をしていたので、私は疑問に思った所、どうやら他の部屋にも、武史を呼んでいたらしく、私の供述が武史と一致するかどうか、部屋を行き来していたのです。

注目すべき点が、「武史が私に渡した一千万円は、弁護士費用か又は、殺しの報酬だったのか」という点だったのです。私は今まで通り、殺しの報酬だったとして供述を通しました。検事は少し首をかしげていましたが、「武史はいいのがれをしようとしているだけで、実行犯の俺が言っているのだから間違いはない」と説明しました。

恐らく警察にしても検事にしても、武史という男は往生際の悪い奴だと思っていたと思いますし、実行犯である私が進んで供述している以上、私に乗っかって、早く事件解決に向けて幕を引きたかったのではないかと思います。何故なら、警察の不祥事が取り沙汰されていたので矛先を少しでも早くそらしたかった筈だからです。特に埼玉県警、上尾署においては、当時の社会的バッシングには強烈なものがあった筈です。私のことをさんざん利用して使い捨てにした武史に対しての復讐の鬼と化した私と警察の思惑がまさに一致したのでした。

後に武史に駄目押しをしたかった警察は、本庁から新たに捜査員を派遣してきて、武史の余罪に関して私に協力を申し込んできたのです。私は知っている範囲で、供述をして、本庁の捜査員にも協力しました。このことによって更に、武史包囲網が固められていった訳です。

以上が警察や検事とのやり取りですが、私としては、どうしても最後に申し上げなくてはいけない点があります。それは、どうして警察が（上尾署）被害届け、告訴でも構わないのですが、本気で捜査を開始してくれなかったのかということです。

確かに埼玉と池袋という管轄、所轄と本庁という縄張り意識もあったと思いますが、一日でも早く行動して、初期の段階で私達を逮捕していれば、最悪の結末である、被害者殺害までにはいたらなかったのではないかと思います。決して自分の罪を棚上げにして、**責任転化**する訳ではないのですが、和人も多分、**自から**生命を落とすこともなかったと思われます。そういった意味でも、被害者は勿論のこと、和人にとっても悲劇だったと思います。

各地でストーカー事件が起こるたびに、各警察署は、埼玉県警（当時）から何も学んでいないのだと感じます。上尾でも県警本部でも上層部が更迭されたというのに、全く学習能力がないのです。初期の段階（嫌がらせ行為等）で逮捕してもらえていたなら、こんな割りの合わないことを**辞め**ようと、武史も和人も思ったかもしれません。**悪魔でも**、もしかしたらの**話し**ではありますが、とても残念でなりません。

＊　＊　＊　＊　＊

以上が**〈8〉平成26年3月27日付け手記**の内容だ。

久保田が「武史を巻き込んで、復讐してやろう」と思い、首謀者が小松武史だったとする虚偽の供述をしたからといって、警察、検察が嘘だと見抜けていれば、久保田の思い通りにはならなかったはずだ。

しかし、この事件では、世間の批判にさらされていた警察が少しでも早く事件を解決したがっていた。そのため、警察は安易に久保田の供述に依拠し、武史が首謀者だったということで幕引きを図ったのだ。

なお、武史から「弁護士費用」として渡された一千万円だが、久保田は50日余りの逃亡期間中に散財し、警察に身柄を確保された時にはほとんど使い切ってしまっていたという。

第7章　告白の理由

ここまで紹介してきた通り、久保田が手記で綴っている内容は詳細を極めている。ただ、現場に同行した川上聡と伊藤嘉孝の証言も検証してみると、大きな疑問が1つ浮上する。

それは、「見届け役」だったとされる伊藤が取調べや小松武史の裁判（第一審）で、現場に同行した経緯や事情を次のように証言していることだ。

【伊藤の証言】

10月20日（事件の6日前）頃の夕方頃、久保田がいつになく真剣で、自分の顔をまっすぐ見て、はっきりと『自分が彼女（詩織さんのこと）を殺しに行きます』と言ったのです。それまでの一連の詩織さんに対する嫌がらせは、すべて武史の指示によるものだったので、今回も当然、武史から久保田に指示があったのだとわかりました。

私は、一緒に働いてきた同僚として久保田一人に行動させるわけにはいかないと思い、また、久保田一人ではすぐに警察に捕まってしまうと思ったので、自分や川上が手伝うべきだと考えて、協力を申し出たのです（※伊藤の証言内容は、武史の第一審判決にもとづく）。

久保田の手記では、伊藤は川上と共に久保田から〈私がナイフで彼女の顔でも斬り付けてやりますよ〉とだけ聞かされ、現場に同行したはずだった。そして、久保田が現場で被害者を殺害したのは、久保田が一人で暴走したからだということだった。

しかし、伊藤のほうは取調べや武史の裁判で、「被害者を殺害したのは、武史から依頼されたからだ」とした久保田の当初の主張に沿う証言をしていたわけである。

しかも、伊藤は、武史と分離された自分の裁判（第一審）でもこのように証言し、事前に久保田や川上との間で詩織さん殺害の共謀が成立していたと認定されている。その結果、懲役15年の判決を受けると、控訴せずに裁判を終わらせ、服役しているのだ。

結局、武史が裁判で冤罪の訴えを退けられ、久保田に詩織さんの殺害を依頼したと認定されたのは、この伊藤の証言が大きな要因になっている。伊藤には、自分の罪を重くしてまで、武史を貶める証言をする動機は見出しがたいからだ。

また、先述した通り、私は伊藤が大分刑務所で服役していた頃、手紙のやりとりをしていたのだが、伊藤は私宛ての手紙にも、〈皆が欲しがっている、誰が殺害の指示を出したか、だと思うのですが、私が知り得ている情報では、武史が久保田と川上に出したと聞いています〉（２０１３年2月13日付け手紙）と書いてきた。伊藤の手紙には、わかりにくい表現が多く、この部分も表現が曖昧だが、武史が詩織さん殺害の首謀者であるとする点は一貫していた。

では、久保田は、伊藤がそのような証言をしていることをどう受け止め、どう考えているのか。前掲の**〈4〉平成26年1月22日付け手記**で、久保田は伊藤に関し、以下のように綴っている。

＊　＊　＊　＊　＊

本当のことを知ったらきっと社会がひっくり返りますよ

前述しましたが、事件当日彼（編著者注・伊藤のこと）は見届け人という役柄で、事件の一部始終を目撃していた訳です。被害者が足元から路上に崩れていく姿を、あたり一面が**血の海としていく**場面を独りで見続けなくてはいけなかったのです。正直、きつかったと思います。

やがて私が逮捕されて、武史から殺害を依頼されたと供述したのに対して、武史、川上は共謀共同正犯を否認し、私と伊藤、武史と川上の分離裁判が始まった訳ですが、どうして伊藤は私の供述に乗ったのか、孤立無援の私に同情したのかどうかは、今でも私には分かりかねます。

ですが、拘置所に居る時も何度か伊藤と手紙のやり取りをしたのですが、私が伊藤に伝えたのは、「私達は社会に対して、やりたい放題やってきた訳だし、付けが溜まっているし、それを返さなければいけない。今がその時ではないかと思う。武史も勿論のこと。」伊藤も私の気持ちを思ってか大筋で分かってもらえました。

そして、私と伊藤の第一審が終了して、刑を言い渡された訳ですが、伊藤は刑に服しました。私は考えをまとめたかったので控訴しました。伊藤の刑が確定する前に彼から手紙が来ました。その一文に「でも、本当のことを知ったらきっと社会がひっくり返りますよ。」という文章でした。確かにその通りでした。真実は墓場まで持って行く。きっと伊藤も私も同じ気持ちだったと思います。

でも、私自身本当にこれで良かったのだろうか。と自問自答を**繰り返えす**日々が続いていたのです。武史は本当に悪い奴だし、今までの仕打ちも許せるものではない。私も伊藤も川上もさんざんいいように利用されたではないか。これは天罰だ。これは武史が招いた大きな罰だと自分にいい聞かせました。

＊　＊　＊　＊　＊

以上、**〈4〉平成26年1月22日付け手記**のうち、伊藤に関して綴られた部分だ。

読んでおわかりの通り、伊藤がなぜ、自分の罪を重くしてまで久保田の当初の主張に沿う証言をしたのか、久保田本人もわかっていないのだ。

ただ、伊藤が久保田への手紙で、「でも、本当のことを知ったらきっと社会がひっくり返りますよ」と綴っていたという話は注目に値する。この記述は、伊藤と久保田が取調べや裁判で嘘をついていたことや、その嘘が社会で事実だと思い込まれていることを示唆しているのは明らかだからだ。

伊藤本人が世を去った今、伊藤の真意を１００％解明することは不可能だ。ただ、少なくとも武史が首謀者だとする伊藤の証言が盤石なものではないことは間違いない。

久保田の証言を明確に否定していた川上

実を言うと、久保田が手記で綴っていることが本当であること、すなわち、武史は久保田に被害者の殺害など依頼していなかったことは、川上聡の証言により裏づけられている。

というのも、当初は「武史から被害者の殺害を依頼された」と証言していた久保田は、殺害を依頼された状況について、「10月14日（事件の６日前）頃、武史に飲みに誘われ、タクシーの後部座席に自分と武史、助手席に川上が乗り、池袋駅西口方面に向かっていた時のことだった」と説明していた。しかし、川上は以下の通り、取り調べや裁判でこの久保田の証言を明確に否定していたのだ。

【川上の証言】

久保田から、「被害者を刺すから」ということで協力を要請されましたが、私は、切りつけるだけということで承諾したもので、被害者を殺害する意思はありませんでした。久保田が供述する10月14日頃、久保田は私の同席するところで武史と会っておらず、武史が久保田に被害者の殺害を依頼した事実はありません（※川上の証言内容は、川上の第一審判決にもとづく）。

つまり、詩織さんを殺害した容疑で検挙された４人のうち、結局、武史、久保田、川上の３人が「武史が久保田に詩織さんの殺害を依頼した事実はなかった」ということで、証言が一致しているわけである。

それにもかかわらず、久保田が武史に復讐するために当初、「武史から被害者の殺害を依頼された」と証言していたことと、伊藤が何らかの事情からこの久保田の当初の主張に沿う証言をしていたことだけを根拠に、「武史＝首謀者」という筋書きが裁判で真実だとされているわけだ。

今改めて検証すると、この事件の裁判はずいぶん無理があるものだったことがわかる。

では、久保田はなぜ、裁判の途中で「首謀者は武史」という証言を覆したのか。最後に残るこの疑問についても、久保田は**〈5〉平成26年2月10日付け手記**（17ページの表を参照）で明らかにしている。

＊　＊　＊　＊　＊

川上の弁護人との面会が転機に

自分の第一審が終わり、控訴審に備えて、考えをまとめて、東拘（編著者注・東京拘置所のこと）への移送を待っていたある日、川上の弁護人が面会に来たのです（編著者注・久保田は当時、さいたま拘置支所に収容されていた）。私の裁判が終わったので、少しは落ち着いて**話し**ができると思ったのでしょう。私自身も何となく、そんな予感はありました。内容としては、3人（編著者注・久保田、川上、伊藤のこと）で被害者の殺害計画は無かったのではないか。ということと、武史からも本当は被害者の殺害依頼**も**無かったのでは。つまり共謀共同正犯の事実は無かったのではないですか。というものでした。

私は決心しました。やはり、本当のことをいわなければいけない。若くしてこの世から亡くなってしまった被害者の為にも事実を話さなければいけない。と思ったのです。私は川上の弁護人に言いました。殺害を計画した憶えもないし、勿論、武史からも被害者殺害の依頼を受けていません。私のこの返事を聞いて、川上の弁護人は、本当に安心している状態でした。

そして、私は必要ならば、川上の公判に証人として出廷するのは吝かではないと言いました。川上の弁護人は、今の**話し**は武史の弁護人とも話して相談します。というものでした。その後、私は川上の公判にも証人として出廷して、事実関係を正直に話しました。

そして、次は武史の証人出廷（編著者注・「武史の裁判への証人出廷」という意味。以下同じ）だと思っていたある日、今度は検事が来庁調べとして私の所に来たのです。私にしてみれば第一審が終了して、この検事とは、もう顔を合わせることはないと思っていたので、少し意外でした。

検事は開口一番、「武史の**証人出廷に出る**らしいが本当なの。一審での証言も全て翻すらしいけど。」私は、「事実、本当のことを話すだけです。」というと検事は、「武史はあんたのことを面倒を見てくれないよ。」といわれましたので私は、「最初から、そんなことは望んでいません。」というと今度は、「あんたは本当に馬鹿なんだ。それじゃあ、あんたはピエロだよ。」とダメ押しをされてしまいました。私は「殺害の依頼もなければ殺害計画もないし、共謀共同正犯は成立しません。」と最後に言いました。

検事は、とても納得がいかないというような憮然とした様子でした。今年で事件から15年目になりますがこの時の検事の痛烈な言葉は、今でもはっきりと私の胸の奥に刻みついています。検事にしてみれば、私と伊藤の一審が終了して、一安心。いざ、武史と川上の公判に向けてという時に、実行犯であった私が、供述を全面的に翻すというのですから、たまったものではなかったに違いありません。

最後の幕を下ろすのは私しかいない

やがて、武史の証人出廷でも私は、川上の時と同じく事実を話しました。殺害計画もなければ、武史からの殺害依頼もなかったと。私も本来は殺害するつもりはなかったと話しました。決して、清々しい思いではなかったが、私はやり残した仕事を全て終えたという感じでした。一時は身柄を東拘に移され、証人出廷の為、又**さいたま拘置所**（編著者注・正しくは「さいたま拘置支所」）に戻されていた私ですが、この先控訴審で争うのもどうかと思い、控訴を取り下げることにしたのです。被害者の為にも、一日でも早く刑に服して冥福を祈るべきではないかと考えたのです。

その後、川上と武史の裁判が結審して、二人共実刑が確定しました。川上の方は分かりませんが、武史の方は控訴したと私は聞きました。当然といえば、当然かもしれません。全く身に憶えのない容疑をかけられたのですから。勿論、川上も不本意だった筈です。

又、その後については、私は受刑生活を送りながら、注意深く見守っていました。やがて控訴審は棄却、上告して舞台は最高裁へ。でも最後の望みである最高裁でも主張を退けられてしまいました。私は心底、哀れな男だな。不憫な男だなと武史のことを思いました。真実は違う所にあるのにも関わらず、社会がいや世間が許さないという構図が出来上がっていたように思います。

私も大きな無力感を持ちましたし、声を**大い**にして真実を叫んでみても、何も聞き入れてもらえない、もどかしさも感じました。悪いのは小松兄弟。全ての元凶は和人であり武史なのだという認識が、広く社会に浸透しすぎたのではないか。それが司法の判断ミスを招いたのではないかと私は思いました。

＊＊＊＊＊

このように久保田は裁判で「事件の真相」を明かしながら、裁判官たちに信用されず、それですべてが終わったような思いにとらわれていた。その後、事件から10年余り経ち、再びこのような手記を綴り、改めて真相を告白することを決めた心境について、最後に総括的に綴っている。

＊＊＊＊＊

本来ならば刑務所で受刑生活を送りながら、一日一日としっかり務め上げていかなければいけないし、正直、他人に構う暇などありません。いつまでも過去に**捕らわれる**訳にもいかず、前向きに生活していくしかない。そして、長い受刑生活を終えて、いつしか社会復帰へ。でも、本当にそれだけで良いのだろうか。真実をひた隠しにして仮に受刑生活を終えたとしても、本当の意味での受刑生活は終わらないし、また本当の意味での社会復帰も無いだろう。ましてや、被害者遺族の方々にも本当のことを話さなければいけないという思いが、どんどん強くなっていったのです。

たとえ、社会や世間が許さないとしても、本当のことを、真実はきちんと話さなければいけない。間違った認識を持たせたまま、被害者遺族を苦しめ続けてはいけないのです。それが殺人という重罪を犯した張本人である私の責任なのです。最後の幕を下ろすのは私しかいないのです。

＊　＊　＊　＊　＊

以上が**〈5〉平成26年2月10日付け手記**の内容だ。これで久保田の告白はすべてである。

久保田は自らを「殺人という重罪を犯した張本人」と称しているが、実際には、猪野詩織さんを殺害した後にもう一つ、重い罪を犯していた。取調べや裁判で嘘をつくことにより、武史と川上、伊藤の3人を殺人の共犯者に仕立て上げ、被害者遺族にも間違った事実認識を持たせたまま、苦しめ続けたという罪だ。

本書で紹介した手記は、この「もう一つの重罪」の罪滅ぼしとして綴られたものだったのだ。

（了）

事件の現場。猪野詩織さんはここで久保田祥史に刺され、21 歳で亡くなった

編著者による後書き

さて、本書を最後まで読んだくださったあなたは、どのような感想を持たれただろうか。

桶川ストーカー殺人事件は、大変有名な事件だ。しかし、「実行犯の久保田祥史が嘘をついていた」とか「その嘘のせいで、本当は殺害の指示などしていない小松武史が首謀者だということにされた」などという話を聞いたことがある人はほとんどいなかっただろう。それだけに、そういう新事実を本書で初めて示されても、にわかに信じられない人も少なくないはずだ。

だが、実をいうと、久保田が武史の裁判に証人出廷し、「本当は武史から被害者の殺害は依頼されていない」と明かしたことは、大手メディアでも報じられている。久保田がこの証言をした2002年2月12日の翌日、朝日、毎日、読売の大手三紙が揃って朝刊で記事にしているのだ。

ただ、記事が小さかったり、埼玉地方面のみの掲載だったりしたうえ、裁判後に独自に事実関係を調べ直し、真相を追求したような報道は皆無だった。そのため、日本全国の注目を集めた事件の裁判で、実行犯が当初の供述を覆し、首謀者の男が冤罪だと証言したという重大な出来事が世間一般にほとんど知られないままだったのだ。

この事件に限った話ではないが、マスコミは捜査段階に大きく報道した事件について、裁判になって以降の動向を熱心に報じないことが多い。そのため、有名な事件の裁判で重大な新事実が判明したにもかかわらず、そのことが世間にほとんど知られないままになっている例は数多い。この桶川ストーカー殺人事件もそういう事例の1つになってしまっていたわけだ。

そもそも、この事件については、「小松武史が首謀者であること」と「計画的な殺人事件であること」を否定する事実が当初から揃っていた。

まず、前書きでも述べたことだが、猪野詩織さんに別れを告げられ、恨んでいた小松和人ならともかく、その兄の武史がなぜ、久保田に詩織さんの殺害を依頼しなければならないのか。こんな筋書きは明らかに変である。

また、久保田らが武史に詩織さんの殺害を依頼され、計画的に犯行に及んだのであれば、犯行後は遠くに逃亡するほうが自然だし、武史も久保田らに対し、そうするように求めるだろう。久保田らが警察に検挙されたら、その関係者にも捜査が及ぶことは火を見るより明らかだからだ。

しかし現実はどうかと言うと、久保田らは詩織さんを殺害後、50日余りもだらだらと地元・池袋で過ごして警察に逮捕され、この間にＦＯＣＵＳの取材陣にも発見されている。この事実からも、久保田による詩織さんの殺害が「武史に依頼された計画的な犯行」ではなかったことが読み取れる。

ちなみに、犯行現場が人通りの多い駅前だったこともあり、犯人の久保田を目撃した人は多かった。当時の新聞報道を見ると、

〈男は三十歳代ぐらいで小太り、黒か紺のスーツ姿だった〉（朝日新聞東京本社版１９９９年10月27日朝刊・社会面）

〈３０～４０歳で身長約１７０センチ、小太り〉（毎日新聞東京本社版１９９９年１１月２日朝刊・埼玉地方面）

〈小太りのがっしりした体格で、髪が短く、紺色か黒色のスーツにネクタイを着用していた〉（読売新聞東京本社版1999年10月27日朝刊・埼玉地方面）

などという目撃情報が各メディアで報道されている。そんな中、久保田が池袋にとどまり、逮捕されるまで武史からもらった1千万円を散財する日々だったのは、本人も手記で書いている通り、〈警察も馬鹿ではないから、事実関係は直ぐに分かる筈だ〉と諦観し、自暴自棄になっていたからだろう。計画を決めたうえで犯行に及んでいれば、こういうふうにはならないはずである。

こうしてみると、久保田が手記で明らかにした事実は、これまで知られてこなかったのがむしろ不思議なくらいだと言っていい。

本書発行の時点で発生から21年の歳月が過ぎ、社会を騒がせた桶川ストーカー殺人事件も人々の記憶から薄れつつある。しかし、今もストーカーが凶悪事件を起こすたび、この事件が報道などで引き合いに出されることは多い。そういう歴史的事件に関する誤った情報がいつまでも放置されてよいとは思い難い。正しい情報が周知され、誤った情報は改められるべきだろう。

現在、さいたま地裁で行われている武史の再審請求審は、この事件の事実関係が公式に調べ直される機会でもある。事件番号は、令和元年（た）第3号だ。本書を読み、この事件の真相に関心を持たれた方はぜひご注目頂きたい。

編著者

小松武史の反論と補足説明

前書きで述べた通り、小松武史は、本書のもとになった電子書籍『桶川ストーカー殺人事件　実行犯の告白』が「自分に無罪を言い渡すべき新規・明白な証拠」にあたると主張し、さいたま地裁に再審請求を行っている。ただ、武史は、この電子書籍や久保田の手記の内容すべてを肯定しているわけではない。

私（編著者）がこの電子書籍を自ら発行して1カ月ほど過ぎた頃、武史から届いた手紙には、久保田の手記の内容に対する反論や補足説明のようなことが綴られていた。それをここで紹介しておきたい。

【1】風俗店の経営に関与した事情について

私は、電子書籍の前書きで武史について、「東京消防庁に勤務する消防士でありながら、中古車販売などのブローカーをしつつ、事件の2年前頃から和人の営む風俗店の経営にも関与していた」と書いた。武史はこれに関し、次のように補足説明的なことを書いてきた。

〈私が当時、店を手伝うようなカッコになったのは、和人がシオリさんの前の彼女と別れた時、その女性ともトラぶるになり、和人は、その時ガラス片で足の裏を深く切り、歩けなくなり、店が回れなくなり、そのままでは店を乗っ取られてしまうと、私に泣きついて来て、しょうがなく、その時から店のお金の集金をするようになりました〉

ここで書かれていることは、事件の真相を見極めるには不要な情報だ。ただ、武史としては、消防士でありながら和人の風俗店経営に関与していたことについて、やむをえない事情があったと主張しておきたかったようだ。

【2】久保田が〈3〉平成26年1月16日付け手記で、武史は上から人を見下したような物

の言い方しかできない人物だったように書いているとについて

武史は手紙で次のように反論している。

〈和人の風俗の友人（経営者）が従業員に殺され、壁にうめこまれた事件が発覚して、和人は本当にビビり、私に対して、赤鬼の役、和人は青鬼役に**適する**事を頼んで来ました…

私、赤鬼の役は、店の店長達に対する細かい注意事項を…レシートの水代が高いや、電気代、**経費代**、売り上げが少ないと言った、嫌な事を言う役…それに対して、和人は良い青鬼役…いつもニコニコ愛想笑いと、現金を気前よく上げる役でした…。

普通のオーナーは、店になど顔を出さず、私がやってたような事はしません。

当然、従業員にもウラまれますし、今更ながら後悔しています。私のような**物**は普通は、やとわれオーナーと言います〉

つまり、武史が久保田らに悪印象を与える振る舞いをしていたのは、和人に頼まれ、あえて嫌われ役を演じていたからだというわけだ。

ちなみに、武史は有名な童話『泣いた赤鬼』になぞらえ、自分は「赤鬼の役」で、和人は「青鬼役」だったと表現したようだが、童話の内容を勘違いしている可能性がある。この童話で嫌われ役を務めるのは、赤鬼ではなく、青鬼だからだ。

【3】和人にさせられていた久保田への酷い仕打ちについて

武史は手紙で、具体的に次のようなことを和人にさせられていたと書いていた。

〈クボタさんの店の売り上げが悪くなった時など、ピンパネしていると決めつけ（和人が）クボタさんの給料を10万円しか私に渡さず、それをクボタに渡せと…それでいて和人は、

「クボタさん、それじゃ生活にこまるでしょうと、30万円」上げてみたり…
クボタさんがクラブに行って、好みの女性が居ると、それを和人は、探偵に調べさして…その店に私を行かせて、クボタさんが来店できないようにしたりと…今考えても、それじゃ怒ると思いますネ。(川上、イトウにしてみても同じだと思います)。〉

【4】久保田が〈6〉平成26年3月7日付け手記で、武史から「(被害者宅の車に)ペンキをぶっかけて、犬に毒物でも喰わせてみては」などと言われたことがあったと書いていることについて

〈犬やペンキ塗れ…私が指示したとなってますが、証拠でも出してますが、その日は、私の家の引越しで、妻の親や私の親も、2日間も引越しに来ていて、川上、イトウも朝から、(夜中にそんな事やってるの訊いてない、)引越しの手伝いに来てました。(バイト代も払ってます。)

このように、彼らは、和人や、イトウからの話しを、全て、私からの話しにしています…川上、イトウに訊いてもらえば、分りますが、私はクボタが大嫌いだったので、クボタと、2人きりになるという事が一度もないです。店に行く時も、かならず、イトウか川上を連れて行っていました…

クボタは、裁判では、イトウから協力を頼まれ、車の中で細工していたと言ってました。(犬のエサに。)。〉

要するに武史は「久保田は手記で、詩織さんへの嫌がらせのすべてを自分からの指示や依頼で実行したように書いているが、実際には、和人や伊藤が言っていたことまで自分のせいにされている」と主張しているわけである。

【5】久保田が〈6〉平成26年3月7日付け手記で、「武史、私、伊藤、川上、杉沢（他店店長）と5人」で和人のいる沖縄に行ったと書いていることについて

武史は手紙で、この部分は事実と異なるとして、次のように指摘している。

〈沖縄の**話し**も…行ったのは、私、クボタ、杉澤の3人です…本来、私、イトウ、杉澤の3人で行く予定でしたが、イトウが嫌がらせ行為の準備で行けないと、和人がクボタさんも連れて来てくれとの事で、イトウがクボタに伝えて、チケットもイトウが手配していました。私は、和人から、売り上げを持って来るよう言われ行きました…クボタは、何でも人の名を出してますが、それ位、私のイメージが悪かったのですね。〉

久保田が誰とどのような経緯で沖縄に行ったかについては、桶川ストーカー殺人事件の真相を見極めるのに不可欠な情報ではない。

ただ、久保田は手記で、猪野詩織さんを殺害したそもそものきっかけは、沖縄で和人と2人きりになった際、「私は、彼女と刺し違えることも考えたのです」と聞かされたことだったと書いている。そのため、武史としては、久保田が沖縄で和人と会ったのは自分のせいではないと主張しておきたかったようだ。

【6】久保田が〈7〉平成26年3月13日付け手記で、武史から「被害者の拉致、監禁、レイプ場面の撮影」などの指示があったと綴っていることについて

武史は手紙で、この部分は事実と異なるとして、こう反論している。

〈イトウは、当初から青木の立てた作戦のスケジュール通り、仕事として、チャッチャッとやっていたと言ってました。何度も書きますが、イトウ、クボタ、川上は、和人から出る、お金がほしくて、ラチ、カンキンビデオを、や

ろうとしていたのです…川上は、柳とゆう車屋の男にも何度も、自分に（川上達）やらせろと言ってました。〉

これだけ読むと、武史が自分の罪を他者のせいにしているような印象が否めない。ただ、久保田も**〈6〉平成26年3月7日付け手記**で、〈当時を振り返ってみても、私が直接武史から拉致監禁やレイプに関しての指示を受けた憶えがないのです〉と書いている。武史の主張もあながち否定できない。

【7】和人の人物像について

前書きでも触れた通り、武史は、弟である和人を悪く言うことが多かった。この手紙でも、次のように和人のことを悪く言っている。

〈私は、この事件にまきこまれて、本当の本当に風俗の手伝いなどしなければ良かったたと、何百回と思ってますが…後のマツリですね〉

〈和人は、事件当時もですが、精神科に通っていて、私としては、あまり強く言えなかったのと、手伝うようになり、月に何十万と、もらうようになってからは、店の手伝いを、もう辞めたいと和人に話すと、和人は、すぐにキレて、そんな事するなら庁（編著者注・武史が勤務していた東京消防庁のこと）にチンコロしてやるや、スポーツ新聞にも、不良公務員でチンコロしてやると…

更に私の家に、夜から朝方まで、イタズラ電話を何百回と、かけて来たりと…本当に兄弟だろうかと？　考えた時でした…

しかし、そうした事も全て私の責任だと思います…。和人、青木、イトウ達の作戦嫌がらせ行為も、私としては、そんな事（ラチ、カンキンビデオ）出来ないと思ってましたが…こんな事件にまでなってしまい…

反省とかのレベルでなく、もっと深く考え

行動しなかっただろうの、タラレバで、何十年も経ってしまいました〉

【8】和人が自殺したことについて

この事件の真相が隠され続けた最大の理由は、和人が真相を語ることなく、北海道の屈斜路湖で「自殺」したことだ。武史は手紙でこのことに関し、物騒なことを書いていた。

〈和人は、自殺でありません…島から島まで泳げますし、北海道に行ったのは、金をかくすのと、[redacted]（編著者注・原本では、実在する暴力団の名称）の組の人間に、ロシアに逃げさしてもらう為に行きました。

泳げる人間は、入水自殺しません。殺されたのです。口封じの為〉

この話の真偽については、私は検証していない。

（この項終わり）

千葉刑務所。小松武史はここで無期懲役刑に服している

【参考資料】久保田祥史の手記の原本

※本書で紹介した久保田祥史の手記が本物であることを示すため、手記の原本も掲載しました。ただし、久保田は手記を綴った便せんに、事務的な連絡事項など事件とは関係のないことも綴っていたため、そういう部分はモザイク処理を施しました。

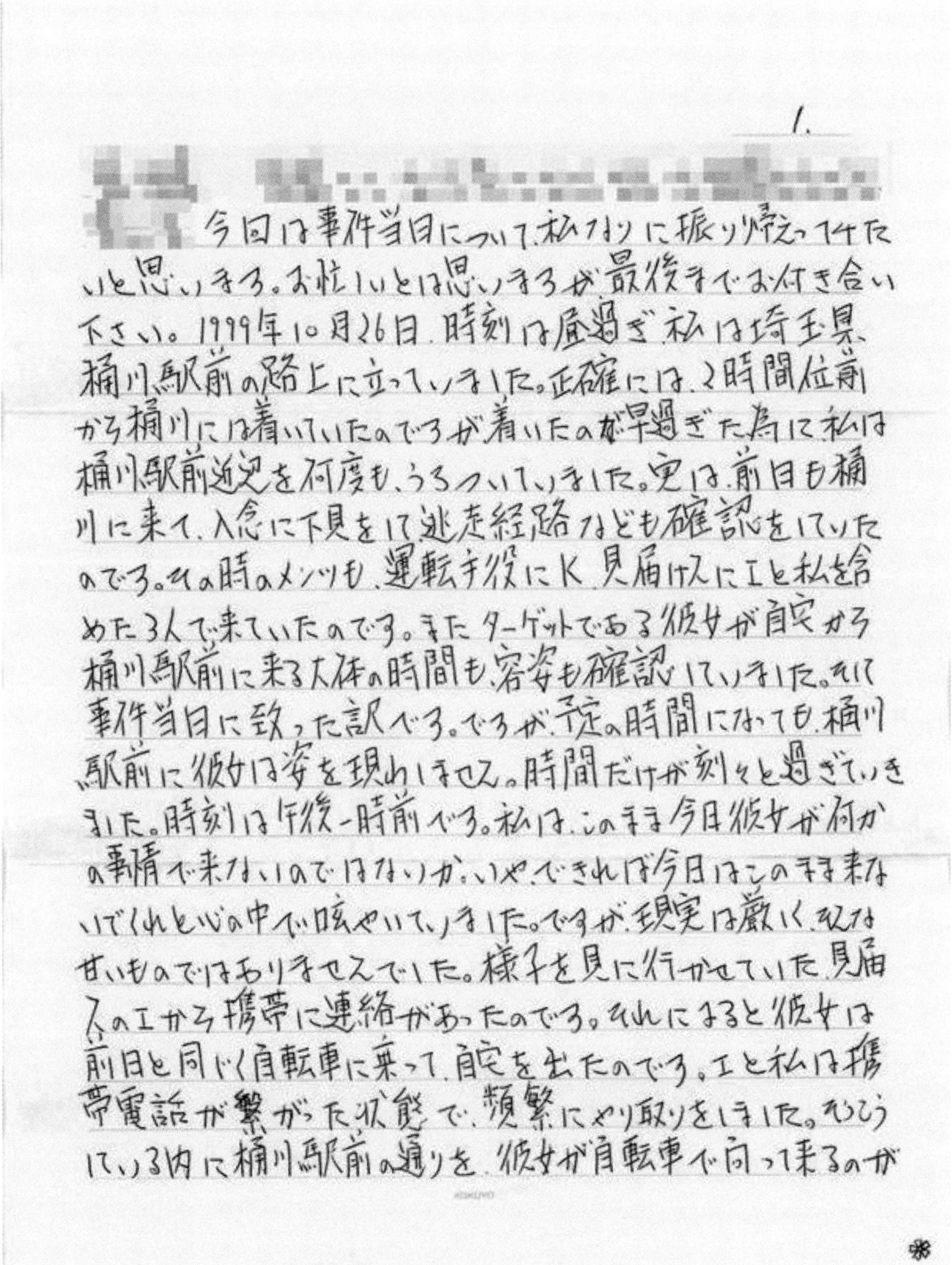

1.

[redacted] 今回は事件当日について私なりに振り返って行きたいと思います。お忙しいとは思いますが最後までお付き合い下さい。1999年10月26日。時刻は昼過ぎ私は埼玉県桶川駅前の路上に立っていました。正確には、2時間位前から桶川には着いていたのですが着いたのが早過ぎた為に私は桶川駅前近辺を何度も、うろついていました。実は、前日も桶川に来て、入念に下見をして逃走経路なども確認をしていたのです。その時のメンツも、運転手役にK、見届け人にIと私を含めた3人で来ていたのです。またターゲットである彼女が自宅から桶川駅前に来る大体の時間も、容姿も確認していました。そして事件当日に致った訳です。ですが、予定の時間になっても、桶川駅前に彼女は姿を現わしません。時間だけが刻々と過ぎていきました。時刻は午後1時前です。私は、このまま今日彼女が何かの事情で来ないのではないか、いや、できれば今日はこのまま来ないでくれと心の中で呟やいていました。ですが、現実は厳しくそんな甘いものではありませんでした。様子を見に行かせていた見届人のIから携帯に連絡があったのです。それによると彼女は前日と同じく自転車に乗って、自宅を出たのです。Iと私は携帯電話が繋がった状態で、頻繁にやり取りをしました。そうこうしている内に桶川駅前の通りを、彼女が自転車で向って来るのが

〈2〉平成25年12月？日付け手記　7枚中1枚目

2.

私の目に入りました。そこで私は覚悟を決めました。逃げては駄目だ。やるしかない。腹を括るしかない。そして、何も知らない彼女が私の目の前を通り過ぎ、昨日と同じ場所に自転車を止めていました。その頃には、Iも車を走らせて、桶川駅前に着いていました。私は何かに突き動かされるようにして、彼女の後ろ側に忍び寄っていました。当初の予定では、ナイフで女の生命である顔を切り刻むとIとKに広言していた私ですが、もうこんなことは終わりにしよう。嫌がらせ行為をするのも沢山だ。全てなかったことにしなければ駄目だ。それと和人の気持ちにも報いなくてはいけない。彼自身も深く悩み傷付いた筈だ。刺し違えることまで考えたという彼の言葉に嘘はなかった筈だ。じゃあ、私はその言葉を信じて行動を起こすしかないではないか。気が付いた私は、彼女の背中を刺していました。しかも驚いて振り向いた彼女のみぞおちも刺していたのです。手答えは何もありませんでした。しいて例えるなら豆腐に包丁を刺したような感覚でした。膝から地面に崩れ落ちていく彼女を見ながら私は彼女に後ろ姿をみせて、その場から走り去ったのです。背後に彼女の悲鳴、叫びを聞きながら、そして、なるべく動揺をKに悟られないように彼の車に乗り込み、桶川駅前を後にしました。車内でも私はIと携帯電話でやり取りを続けていました。その時、Iの発した言葉に私は強く反応しました。現場は血の海です。という一語

〈2〉平成25年12月？日付け手記　7枚中2枚目

3.

でした。私は、これで終わりだ。彼女は助かるまい。そして私は人間としての一線をとうとう越えてしまった。後戻りはできないし、時間を戻すこともできない。こういう最悪の結果になることは予め分かっていたにもかかわらず、何故か私は呆然自失だったのです。そういう状態の私ですから、池袋までの道のりは、どこをどう走って帰えり着いたのかよく憶えていません。桶川までは高速は使いましたが、帰えりは高速を使わなかったことだけは憶えていました。ただ、IとKが何度か携帯で連絡を取り合い、道順を確かめていました。池袋に帰えり着いた後、一条からIの携帯に連絡が入って、3人で赤羽のカラオケボックスに来てくれというものでした。それを聞いて私はまず着ていたスウェット上下を脱ぎすてて、営業用のスーツを着用して、IもKも同様でした。本来なら、赤羽までは電車で行けば早いのですが、私自身が疲労困ぱいしており、電車の乗り降りがとても億劫だったので3人がタクシーに分乗して赤羽へ行きました。指定されたカラオケボックスは、赤羽駅の近くでした。私達3人は足取りも重く、一条の待つ部屋に行きました。すると一条の他に、中古車店を任せている男性が待っていました。私は開口一番、一条に対して申し訳ありませんでした。こうでもしなければ和久が納得しないと思ったのですと一条に告げたのですが、一条からかえってきた言葉は、そんな訳ないだろ。何てことをしてくれたんだ。と

〈2〉平成25年12月？日付け手記　7枚中3枚目

4.

いう冷たい言葉でした。私は頭を下げることしかできませんでした。そもそもの事の発端は、お前の弟の問題でここまで話しが拗れてこういう最悪の結果になったのではないかと、いう思いが私にはありましたが、その言葉を出すのを胸の内に留めました。そうこうしている間に、今後の善後策を話していたのであるが一条が、久保田さんが居なくても店の方は大丈夫か。大丈夫なら現場の方は、スタッフに任せて、現場から離れた方が良いというのである。私は、とかげの尻尾切りだなと思い、以前から一条に芽生えていった不信感を強く意識しました。私はこれまで一条や和之に対して私心を捨てて尽くしてきました。それは当然のことながら、お金である。数字を上げる、利益を上げる。毎日、その事柄で頭が一杯でした。グループ店を入れたら5店舗、その中で、自前の店を2店舗経営していた私でしたが、一条の要請を受けて、グループの統括責任者として、日々身を削るように働らいてきた私でした。その私を現場から外して、自分の米びつを、利益を守ろうというのである。私は、さんざん利用されてこのざまかと、何だか自分自身が大変情けなくなってしまったのである。最後の止めが一条のここに一千万が有るから、弁護士費用にあててくれというものでした。弁護士費用とは聞こえはいいのですが、用は手切れ金ということです。私のこれまでの評価が

〈2〉平成25年12月？日付け手記　7枚中4枚目

5.

実績がキャリアが、たったの一千万円で片付けられてしまったのです。この一条の仕打ちに、私のプライドは粉々に砕け散ってしまいました。この出来事が決定的となり、以降の事件後の流れを左右することになります。私は、ひとり保身に走る一条に対して何の感情も持てずにいましたが逆に憎悪がどんどん胸の内に膨らんでいくのを感じました。

私は、この先何があっても和人だけは守ろう。彼だけは何とか巻き込まないようにしようと固く心に誓いました。

例え、自から自首するにしても、また逃亡するにしても、遅かれ早かれ警察の手が迫ってくるのは時間の問題だと分かっていました。被害者と和人の関係を調べれば、一目瞭然です。警察も馬鹿ではないから、事実関係は直ぐに分かる筈だ。私は手切れ金の一千万円を持って、カラオケボックスを後にして逃亡生活に入りました。普段でしたら、毎日うるさいくらいに携帯に連絡をしてきた一条でしたが、それっきり彼からの連絡は一切無く、試しに私から連絡を取ろうと思っても連絡は取れませんでした。Iの方にも連絡を取って一条からの連絡を待ちましたが駄目でした。思えば、手切れ金を受取った時点で、一条との縁はとっくに切れていたのです。

それでも私は、あいつだけは、一条だけは許さないと思いました。そして、私の逃亡生活も5ヶ月を過ぎた頃です。


〈2〉平成25年12月？日付け手記　7枚中5枚目

6.

私は池袋の豊島公開堂前で、張り込み中の埼玉県
警の警察官に回りを囲まれて、拉致される形で連行されました。
一旦、身柄を朝霞警察署に移されて、簡単な調べが始ま
りました。この時はまだ任意の段階だったのですが、私は
開口一番、一条に頼まれて殺しました。と自供を始めました。
警察官の間違いないね。という言葉に私は間違いありません。
と答えました。本来ならば、一条から殺人の依頼などなく悪魔
でも拉致監禁と、レイプの場面をビデオで録ることが当初
から指示されていることでした。殺してくれ、殺ってくれ等々の指示
は一条から一切ありませんでした。でも私は自分だけ貧えくじ
を引いたという思いが強く、私に対する理不尽な態度に、一条
を巻き込んで復讐してやろうと考えたのです。これで私達以
の殺人の共謀共同正犯が成立したのです。ですから、その辺
の事情を知らない、見届け人のエや運転手役のKに対
しては、巻き込んでしまい、大変申し訳なかったと今でも思っ
ています。彼等2人にしてみれば、被害者を拉致するか
若しくは、ナイフで顔を斬り付けるくらいの認識しかなかった
のですから、当日の私の行動に彼等は正に、寝耳に水の
心境だったと思います。もうすでに私の中では、一条から
指示されていた、拉致監禁、レイプのビデオ撮影だけでは
当の本人でもある和人も納得はしないだろう。判り過える

〈2〉平成25年12月？日付け手記　7枚中6枚目

7.

ことも考えた。というのは彼の本心だった筈だ。なら殺るしかないだろう。勿論、その時、その場面で私は和人からも殺害の依頼も受けてはいません。悪魔でも私が考え、行動した結果なのである。ですから、これは私の暴走である。何故暴走なのか、それは和人自身が、被害者の後を追うように自からの生命を絶ったからです。私が暴走したことによって生じた波紋がもう一人の生命を奪う結果になった訳です。もうこれ以上の悲劇の連鎖を断ち切る為にも、真実を語らなければいけない。また私自身も良心の呵責に耐えられなくなったのである。私は一条から被害者への殺人の依頼は受けてなく、勝手に先走って被害者を死なせてしまった、私の暴走である。であるから、彼は共謀共同正犯の一人ではありません。彼は無実である。これは冤罪である。もう一度いいます。彼は無実である。この事柄が取り上げられて、彼が一日でも早く、獄から開放されることを願っています。また名誉が回復されることも祈っています。　以上である。紙数の関係で一度に7枚しか書けませんので、一旦筆を置きます。[redacted]

平成25年12月　日

[redacted] 久保田　祥史

〈2〉平成25年12月？日付け手記　7枚中7枚目

1.

[redacted]

今回は、私と三人の出会いについて振り返ってみたいと思います。(小松、伊藤、川上)平成9年か10年頃だったと思いますが、当時私は定職に就いてはいませんでした。何故なら少し前に仕事を辞めていたからです。以前はデートクラブの店長をやっていたのですが、当局の厳しい締め付けにオーナーが自から保身に走ってしまい廃業せざるをえなかったのです。そんな事柄があって、やがては新天地を求めたいという思いで、毎日あくせくしていました。その日も、日課のスポーツ新聞を見ていたら、求人欄に自然と目がいったのです。「新店オープンの為、スタッフ募集」池袋 ファーストと書いており、電話番号も印してありました。私は、ただ何となく気になり、早速電話を掛けて、面接のアポを取りました。内容としては、風俗の仕事というのは直ぐに分かりました。実を申せば、私自身が風俗関係とは付き合いが長く、ファッションヘルス、ピンサロ、ホテトル、ソープランドと経験してきたからです。そして、私自身が接客業が非常に性に合っている。向いているなと感じていたのです。ですが、ある程度仕事を覚えて自立

〈3〉平成26年1月16日付け手記　7枚中1枚目

2.

したいと考えてみても、大金が必要だし、スポンサーを集めるすべもなく、現実的な問題がいつも頭の中にのしかかっていて中々実行に移すことができずにいたのです。ただ、今回の池袋の仕事については明るい見通しが感じられたのです。それは、マンション ヘルス、通称 マンヘルと呼ばれる業種だったのです。基本的に私が経験してきた店は店舗系だったのですが、今回はマンションを舞台とした物だったので、もしかしたら私でも、ノウハウを吸収したら実現できるのではないかと思ったのです。店舗系に比べれば、初期費用もそれほどかからずに開業できるのではないかと。非合法、いわゆるモグリの店ではあるが面白いと思い、当日池袋まで面接に行きました。案の定、面接場所はマンションの一室でした。担当者から色々と説明を受けて、2号店を立ち上げるのに協力して欲しい。それと責任者となる、野崎なる人物のサポートをして欲しいというものでした。その他、給料の話しも終り、こんなものかなと、立ち上げだから、ある程度利益が出るまでは仕方無いかと思いつつ、了承しました。店の形態としては、人妻系の店でした。私は一瞬、意外だなと思ったのですが、私が面接している最中にも、電話は鳴り続けているし、お客がスンター

〈3〉平成 26 年 1 月 16 日付け手記　7 枚中 2 枚目

3

ホンを鳴らし、入場する姿が絶えなかったのです。
きっとマニア受けしているのに違いないと私は思いました。
何故なら、私の経験からいって、風俗系の店では、若い
女の子は観迎されても、中年の女性というのは敬遠され
ていたからです。でも、この店に訪れるお客は、そもそも求
めてきているものが違う。若い娘には無いものを、きっと求め
て訪れているのだと思いました。面接の次の日に、店から
連絡が有り、採用の結果を貰いました。新店の立ち上げな
ので、暫く休みは取れないと思ったので、2日後から勤務
することにしました。いざ勤務が始まって、何やら準備
で忙しくしている時に、ふいに現われて来たのが、通称
一条こと小松武史でした。正直、私の彼に対する第一
印象は良いものではありませんでした。180cm以上
ある上背に、髪型はパンチパーマ、洋服はブランド物の
ブルゾン上・下、ダイアを散りばめたロレックスの時計。
どう見ても堅気の人間には到底見えません。現役の
ヤクザではないにしても、企業舎弟位だと思いました。
良い物を身に付けていても、まるで垢抜けない田
舎者のヤクザのようでした。私が事前に、野崎から聞
いた話しだと、「とにかく半端ではない金持ちで、中古
車店もやっているし、金融も手広くやっているし、とにかく

〈3〉平成26年1月16日付け手記　7枚中3枚目

8.

頼りになる人ですから、この人に付いていけば大丈夫ですから」という話しだったのですが、喋り方といい態度も威圧的だし、スマートさが無い。こんな人が店にいたら、お客が怖がって寄り付かないだろうと思いました。そんな事柄を頭の中で考えていると小松が「頑張って店を立ち上げて、小銭を稼いで下さい。実績に応じて売り上げの5%をバックしますから」と得意気に小松は言っていました。私にしてみれば、新店立ち上げのノウハウと実績が欲しかっただけなので、適当に返事をしておきました。いずれにしても長く拘わりたくない人物だと思いました。そして、新店オープンが間近になったある日、私の目の前に現われたのが、小松和久、通称、浅倉でした。身長は武史と同じく180cm以上、ただ武史と比べると実にスマートで、色白、癖毛でバックに流して喋り方も、優しい話し方で、少し前までホストでもやっていたのではないかと思わせるようなスマートな男でした。野崎の紹介によれば、浅倉はマネージャーということでした。この時、私はまさかこの2人が本当の兄弟だとは露ほども思いませんでした。それほどにこの2人は、見かけから態度からと正反対だったのです。どちらかといえば、武史は目一杯、着飾って誇示するタイプ。

〈3〉平成26年1月16日付け手記　7枚中4枚目

5.

だとしたら、和人の方は然り気無く、着飾るタイプ、といったものでした。初対面の時は、何を話したかは、余り憶えていないのですが、優しい言葉をかけてくれたような憶えはあります。この和人には折に触れ助けられる場面がありました。当初は二人三脚で店を立ち上げる予定だった野崎が暴走していき、ついには店の売り上げを使い込んでしまったのです。この彼の暴挙に驚いたのは私だけではありませんでした。武史も和人もかんかんに怒っていき、間に私が入って頭を下げても駄目でした。その後、この野崎は、他の店に預けられ、小松兄弟の監視下に置かれ、使い込んだ金の返済が終わるまで飼い殺しとなったのです。そうなると責任者は誰がやるのかという問題が生じてきます。小松兄弟の御指名で嫌々ながら、責任者となってしまった私でした。そうなると大変です。ファーストからの応援もありましたが、実質的には私一人で店を立ち上げなくてはいけなくなったのです。その日から、家には帰らず店に泊まり込む生活のスタートでした。利益が出ない状況だから人を雇う訳にもいかない訳です。朝は9時から店の掃除に始まり、各プレイルームの掃除、備品の補充から、接客業務と、ほぼ休み無しで、夜は深夜

〈3〉平成26年1月16日付け手記　7枚中5枚目

6.

1時過ぎまでという毎日の繰り返しでした。正直、きつかったですが、辛いと思ったことは一度もありませんでした。やはり接客業が性にあっていた。だから楽しくて仕方が無かったのである。そんな日々を送っていると、たまに武史が店に顔を出すことがあったのであるが、上から人を見下したような物の言い方しかできず、いかにもオーナーだという態度しかできず、言いたいことを言うと帰えって行くのに対して、弟の和人は、「まだ忙しくて夕飯喰べてないのでしょう。良かったら弁当を買って来たので喰べて下さい。その間、私がフロントをやっていますから」と優しく接してくれ、「この所休みを取ってないから、今日一日私が店に入りますからゆっくり休んで下さい」といっては、何かと私のことを気遣ってくれました。先程も申しましたが、まさにこの二人は対象的だったのである。今、冷静的に考えてみたら、二人は自分の役柄を演じていただけなのかもしれません。でも当時の私にしてみれば、和人の優しさが身に染みたのである。であるから、私にしてみれば和人の気持ちにも一日でも早く応えようと思い頑張りました。私は、当初3ヶ月で店を立ち上げるという目標を設定しました。3ヶ月経っても、店としての形ができ上がらなければ、その立ち上げは失敗で、営業戦略を根本から考え直さなければ

〈3〉平成26年1月16日付け手記　7枚中6枚目

7、

いけないこと。でも、そうなったら私自身のキャリアにも汚点を残すことになる。そして、一番の問題が運転資金の問題でる。立ち上げに失敗したので、もう一度金を回して下さいという言葉は吐きたくなかったし、武史、和久にも頭は下げたくなかったのでる。その気持ちがお客に通じたのか神に通じたのかは定かではありませんが、当初の目標通り、店は立ち上げ成功しました。これは私も初めての経験でしたし、大きな自信に繋がりました。利益も順調に出て、従業員を雇うこともできて、毎日の仕事が楽しくて性が無かった。ある日、小松武史がある男を店に連れて来たのでる。　続きは次回でる。何だか前置きが長くなってしまって申し訳ないでる。[redacted]

平成26年1月16日
久保田　祥史

[redacted]

〈3〉平成 26 年 1 月 16 日付け手記　7 枚中 7 枚目

1.

[redacted]今回は前回の続き
として、川上、伊藤との出会いから振り返ってみます。
店の立ち上げも成功して、従業員を雇う余裕もできて
毎日忙しい日を送っているある日、武史が一人の男を
連れて店にやって来ました。武史が「こいつ川上というんだ
けど、以前は現場の仕事をしていたんだけど、どうも風俗
の仕事に興味があるようなので、やらせてみようと思んだ。
それで久保田さんに仕込んでもらおうと思って連れて来た
ので、ヨロシク。」というものでした。この川上に対しての第
一印象も良くありませんでした。身長は170cmちょっとな
のに、体重はどう見ても100kgはありそうな感じで、土管体
型で顔も現場焼けしているらしく赤黒く、どうやら酒も好
きそうな感じで酒焼けもしているのではないかと思いまし
た。武史は上背があり横幅がありましたが川上は上背
はないけれども横幅があり、二人並んだ姿は兄貴分と
舎弟にしか見えませんでした。いきなりフロントの仕事を
任せる訳にもいかないので、2〜3日は、接客態度など
を側で見て憶えてもらうことにしました。最初の頃は
川上も緊張していたのでしょう。口数も少なかったのですが、

〈4〉平成26年1月22日付け手記　7枚中1枚目

2.

2〜3日すると慣れてきて、結構話しをするようになりました。私は武史との関係が気になったので、聞いてみました。すると、どうやら以前は自分で現場へ職人を送り出す仕事をしていたが、経営がうまくいかず困っている所を武史に助けてもらったということでした。川上本人としてはそのことを随分恩義に感じているようでした。ですから武史については悪い所は一切いいませんし、前述した野崎と一緒で良くも悪くも完全に掌握されているようでした。そんな川上とも職場を離れることになりました。一緒に仕事をしたのも一ヶ月位だったと思います。武史の話しだと他の系列店の店長の席が空席になってしまったので、変わりに川上にやらせてみるということでした。川上にとっては大抜擢でした。まあ古株の従業員も残っていましたので、うまく川上をサポートしてくれるだろうと思っていましたので別段私は心配をせず、頑張って下さいという気持ち良く送り出しました。それから何日かは川上の様子を見ていたのですが、結構彼なりに頑張っていました。風俗についてはまるっきり素人のような男が物怖じせず、何とか店の従業員ともうまく溶け込んでいったのです。もともと川上本人が楽天家で余り、くよくよ悩むタイプではなかったので、それが幸いして、お客に対してもフレンドリーさを持って接していた

〈4〉平成26年1月22日付け手記　7枚中2枚目

3

ようです。私のような良くも悪くも風俗に染った男とは違
う発想力で、広告代理店ともうまく付き合っていました。ただ
慣れてくると、どうしてもルーズな面が浮き彫りになってきて、営業が
前夜遅くなって家に帰れず、店に店泊するのはいいのですが
営業時間が過ぎているのにも御構い無しに、いつまでも寝て
いる姿を毎日のように見ていると 川上さんは相変わらずだなあと
呆れ返るばかりでした。武史に見つかって怒られなければいい
がと思うばかりでした。でも川上という男は憎めない男でし
た。ある意味、彼の人徳だと思います。私も川上に対して怒り
たい場面が何度もあったのですが、彼の笑顔を見ると、つい
つい何も言えなくなってしまうのです。今こうして振り返ってみても
本当に憎めない。ある日、私が武史からクレームを付けられて
関係がギクシャクしている時でも、私と武史の間に入ってくれたり
逆に私の愚痴を聞いてもらったりもしました。長く付き合っていく
うちに愛着が湧く愛すべき男でした。そんな愛すべき男、川上が
後に連れて来た男が伊藤でした。実は、伊藤と対面する
までに時間がありました。それというのも、武史がその時
系列店に預けてしまったからです。その系列店の店長が不始
末を起こして、その店長が逃げないように武史から言われて
見張って側にいたのが伊藤でした。因にこの店長は更
迭されました。武史と和人に幾らかのペナルティーを払った

〈4〉平成26年1月22日付け手記　7枚中3枚目

4

筈です。ですから、そんなどたばたした現場で初めて、伊藤と顔を合わせた訳です。第一印象としては、メタルフレームの眼鏡を掛けて、髪型は、回りをさっぱりと刈り上げた短髪で、Yシャツにネクタイ、スラックスと、どこからどう見ても会社員にしか見えませんでした。凡そ風俗には全く縁の無い人間にしか見えなかったのですが、私が一番驚ろいたのは彼が、カーペットの上に正座をして静かに待っていたことです。その場の空気に馴染むこともなく、一人だけその姿が私には浮いているようにしか見えませんでした。その時、私はまだ紹介されていなかったので、何だ、こいつは何者なんだろうと頭の中で考えていました。すると伊藤の方から「初めまして伊藤といいます。宜しくお願いします。」と声をかけてきたのです。やがて、武史が現われて、「久保田さん、こっちは伊藤ね。はい、ヨロシク。」と紹介されました。そして話しを聞く内に、川上とは親友同志ということや、やはり現場系の仕事をやっていたということだったのですが私から見たら、妙に野暮っぽさもなく、話し方も非常に丁寧でスマートなのです。この男はちゃんと仕込めば風俗で成功できるのではないかと私は確信しました。接客中でも馬鹿丁寧。私がよく川上や伊藤にいってきたことは、お客に対しては、いつ、いかなる時でも馬鹿丁

〈4〉平成26年1月22日付け手記　7枚中4枚目

5.

寧。良くも悪くも馬鹿丁寧に接して下さい。勿論、女性従業員にも同じように接するようにということでした。それは、自分がもし逆の立場、お客の立場であったなら、ただでさえ非合法なマンヘルに来店する訳ですから、特に初めてのお客であれば心配で仕方が無い訳です。店に行ったら怖い人が出て来るのではないかとか、料金をぼったくられるのではないかとか、不安で仕方が無い訳です。だから、きちんとした対応と、身だしなみにも注意して馬鹿丁寧に接する。これは私の営業理念でした。ですから、店長以下、従業員全てにおいて、スーツとネクタイ着用を義務づけ、お客の嫌味にならない程度に御洒落をしなさいといってきました。そうすればお客も、風俗って夢があるんだなとか、儲かる商売なんだなというように思わせて、接しているお客一人一人に対して特別感を与えて、最初から最後まで良い気分で帰えってもらい、また気持ちよく遊びに来てもらう。それの繰り返しなのである。まあ、ここまで私が熱く語らなくとも接客業の基本だと思います。ですから、伊藤に対しては、この男は磨けば光るし、直ぐに戦力になると思いました。私の予想通り、伊藤は仕事を憶えるのは早かったと思います。毎日、顔を合わせていると段々と気心も知れてきて、川上、伊藤、私の三人で何度か飲みに行ったりもしたので

〈4〉平成 26 年 1 月 22 日付け手記　7 枚中 5 枚目

6.

すが、見掛けによらず伊藤は酒が強いのです。ビールも殆ど水を飲む感覚でした。ただ途中から目付きが怪しくなり、少し酒乱の気があるのではないかと心配した時もあったのですが、私の前では乱れることはありませんでした。そして、伊藤にいえることは、常に全力投球という感じでした。毎日毎日、全力投球だと疲れて仕方がない。自分が壊れてしまうから適度に加減できれば良いのですが、どうやら、伊藤と私にはそれができませんでした。似た者同志といいますが、とにかく相通ずるものがありました。一番悪い所は何でも自分独りで背負い込んでしまう所です。自分独りで考え悩まないで、周りに助けを求めるとか、相談できればいいのですが、何分、それができないのです。持って生まれた性格。損な性格だと自分では充分、認識しているのに駄目なのです。そんな性格が災いしてか、公私とわずに武史からいいように使われていたようです。前述しましたが、事件当日彼は見届け人という役柄で、事件の一部始終を目撃していた訳です。被害者が足元から路上に崩れていく姿を、あたり一面が血の海としていく場面を独りで見続けなくてはいけなかったのです。正直、きつかったと思います。やがて私が逮捕されて、武史から殺害を依頼されたと供述したのに対して、武史、川上は共謀共同正犯を否認し

〈4〉平成 26 年 1 月 22 日付け手記　7 枚中 6 枚目

7.

私と伊藤、武史と川上の分離裁判が始まった訳であるが
どうして伊藤は私の後追に来たのか。孤立無縁の私に同情した
のかどうかは、今でも私には分かりかねます。であるが、拘置所に居
る時も何度か伊藤と手紙のやり取りをしたのであるが、私が伊藤に
伝えたのは「私達は社会に対して、やりたい放題やってきた訳
だし、付けが溜まっているし、それを返さなければいけない。今がその
時ではないかと思う。武史も勿論のこと。」伊藤も私の気持ちを
思ってか大筋で分かってもらえました。そして、私と伊藤の第一審が終
了して刑を言い渡された訳であるが、伊藤は刑に服しました。私は考
えをまとめたかったので控訴しました。伊藤の刑が確定する前に
彼から手紙が来ました。その一文に「でも、本当のことを知ったら
きっと社会がひっくり返りますよ。」という文章でした。確かに
その通りでした。真実は墓場まで持って行く。きっと伊藤も私
と同じ気持ちだったと思います。でも、私自身本当にこれで良か
ったのだろうか。と自問自答を繰り返す日々が続いていたの
である。武史は本当に悪い奴だし、今までの仕打ちも許せる
ものではない。私も伊藤も川上もさんざん、いいように利用
されたではないか。これは天罰だ。これは武史が招いた
大きな罰だと自分にいい聞かせました。———
今日は以上です。[redacted]
平成26年1月22日　久保田祥史

〈4〉平成26年1月22日付け手記　7枚中7枚目

1.

[redacted] 前回の続きからです。

自分の第一審が終わり、控訴審に備えて、考えをまとめて、
東拘への移送を待っていたある日、川上の弁護人が面会に
来たのです。私の裁判が終わったので、少しは落ち着いて話しが
できると思ったのでしょう。私自身も何となく、そんな予感はあり
ました。内容としては、3人で被害者の殺害計画は無かった
のではないか。ということと、武史からも本当は、被害者の殺害
依頼も無かったのでは。つまり共謀共同正犯の事実は無
かったのではないですか。というものでした。私は決心しました。
やはり本当のことをいわなければいけない。若くしてこの
世から亡くなってしまった被害者の為にも事実を話さなけ
ればいけない。と思ったのです。私は川上の弁護人に言い
ました。殺害を計画した憶えもないし、勿論、武史からも
被害者殺害の依頼も受けてはいません。私のこの返事を
聞いて川上の弁護人は、本当に安心している状態でした。
そして、私は必要ならば、川上の公判に証人として出廷する
のは吝かではないと言いました。川上の弁護人は、今の話し
は武史の弁護人とも話して相談します。というものでした。
その後、私は川上の公判にも証人として出廷して、事実関係
を正直に話しました。そして、次は武史の証人出廷だと
思っていたある日、今度は検事が来庁調べとして私の

〈5〉平成 26 年 2 月 10 日付け手記　5 枚中 1 枚目

2.

所に来たのです。私にしてみれば第一審が終了し、この検事とは、もう顔を合わせることはないと思っていたので、少し意外でした。検事は開口一番、「武史の証人出廷に出るらしいが本当なの。一審での証言も全て翻すらしいけど。」私は「事実、本当のことを話すだけです。」というと検事は「武史はあんたのことを面倒を見てくれないよ。」といわれましたので私は「最初から、そんなことは望んでいません。」というと今度は「あんたは本当に馬鹿なんだ。それじゃあ、あんたはピエロだよ。」とダメ押しをされてしまいました。私は「殺害の依頼もなければ殺害計画もない。共謀共同正犯は成立しません。」と最後に言いきりました。検事は、とても納得がいかないというような憮然とした様子でした。今年で事件から15年目になりますがこの時の検事の痛烈な言葉は、今でもはっきりと私の脳の奥に刻みついています。検事にしてみれば、私と伊藤の一審が終了し、一安心。いざ、武史と川上の公判に向けてという時に、実行犯であった私が、供述を全面的に翻すというのですから、たまったものではなかったに違いありません。やがて、武史の証人出廷でも私は、川上の時と同じく事実を話しました。殺害計画もなければ、武史からの殺害依頼もなかったと。私も本来は殺害するつもりはなかったと話しました。決して清々しい思いではなかったが、私はやり残した仕事を

〈5〉平成26年2月10日付け手記　5枚中2枚目

3

全て終えたという感じでした。一時は身柄を東拘に移され、証人出廷の為、又さいたま拘置所に戻されていた私ですが、この先控訴審で争うのもどうかと思い、控訴を取り下げることにしたのです。被害者の為にも、一日でも早く刑に服して冥福を祈るべきではないかと考えたのです。その後、川上と武史の裁判が結審して、二人共実刑が確定しました。川上の方は分かりませんが、武史の方は控訴したと私は聞きました。当然といえば当然かもしれません。全く身に憶えのない容疑をかけられたのですから。勿論、川上も不本意だった筈です。又、その後については、私は受刑生活を送りながら、注意深く見守っていました。やがて控訴審は棄却、上告して舞台は最高裁へ。でも最後の望みである最高裁でも主張を退けられてしまいました。私は心底、哀れな男だな。不憫な男だなと武史のことを思いました。真実は違う所にあるのにも関わらず、社会がいや世間が許さないという構図が出来上がっていたように思います。私も大きな無力感を持ちました。声を大にして真実を叫んでみても、何も聞き入れてもらえない、もどかしさも感じました。悪いのは小松兄弟。全ての元凶は和人であり武史なのだという認識が、広く社会に浸透しすぎたのではないか。それが司法の判断ミスを招いたのではないか。と私は思いました。本来ならば刑務所で受刑生活を

〈5〉平成26年2月10日付け手記　5枚中3枚目

4.

送りながら、一日一日としっかり務め上げていかなければいけない。正直、他人に構う暇などありません。いつまでも過去に捕らわれる訳にもいかず、前向きに生活していくしかない。
そして、長い受刑生活を終えて、いつしか社会復帰へ。でも、
本当にそれだけで良いのだろうか。真実をひた隠しにして
仮に受刑生活を終えたとしても、本当の意味での受刑生活は
終わらないし、また本当の意味での社会復帰も無いだろう。
まして、被害者遺族の方々にも本当のことを話さなければ
いけないという思いが、どんどん強くなっていたのです。
たとえ、社会や世間が許さないとしても、本当のこと、真実は
きちんと話さなければいけない。間違った認識を持
たせたまま、被害者遺族を苦しめ続けてはいけないのです。
それが、殺人という重罪を犯した張本人である私の責
任なのです。最後の幕を下ろすのは私しかいないのです。
―――――― 以上です。

[redacted]

〈5〉平成26年2月10日付け手記　5枚中4枚目

5

[redacted]

平成26年2月10日
久保田　祥史

〈5〉平成 26 年 2 月 10 日付け手記　5 枚中 5 枚目

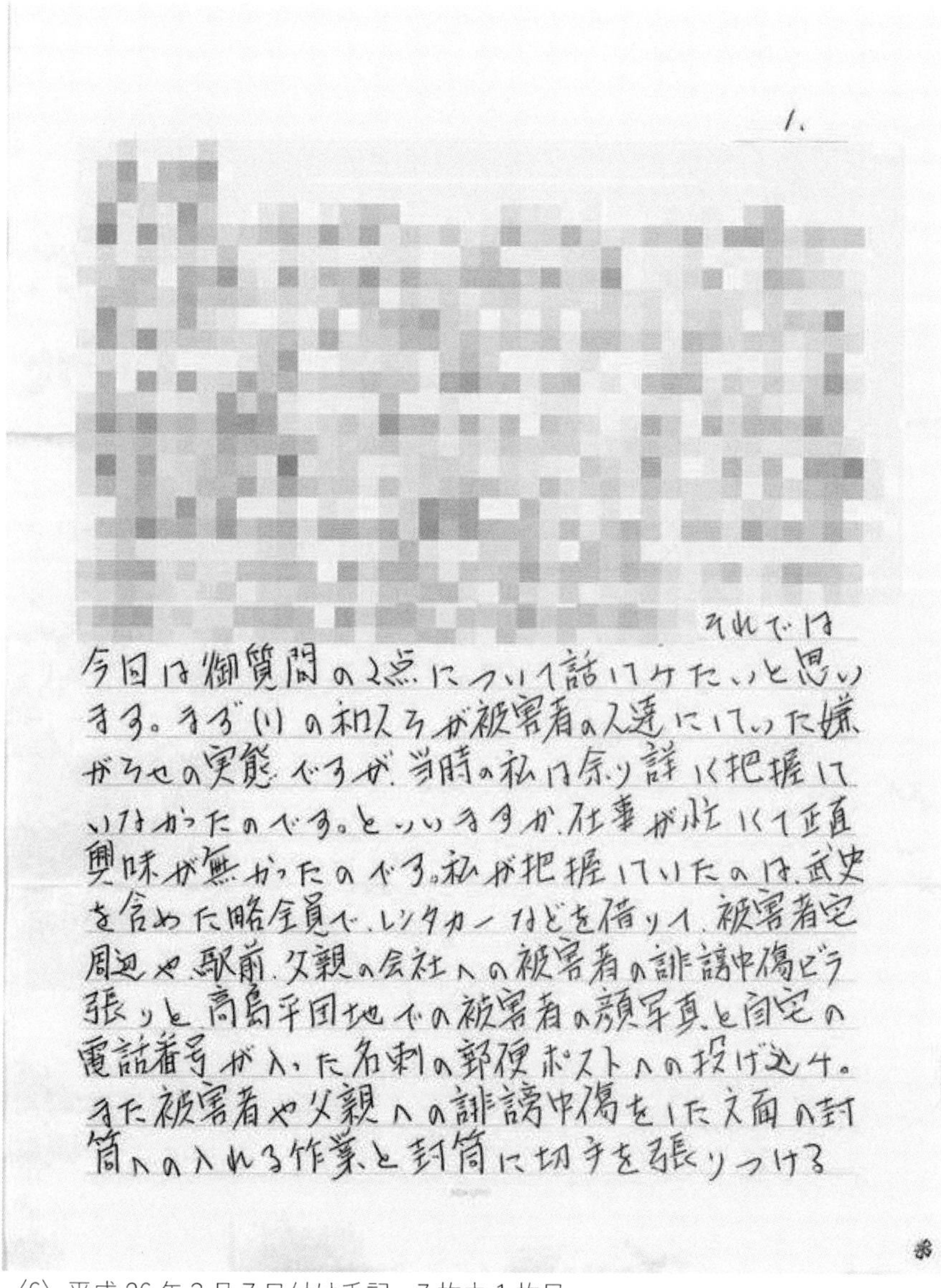

1.

[redacted]

それでは
今回は御質問の2点について話していきたいと思います。まず(1)の和久らが被害者の人達にしていった嫌がらせの実態ですが、当時の私は余り詳しく把握していなかったのです。といいますか、仕事が忙しくて正直興味が無かったのです。私が把握していたのは、武史を含めた略全員で、レンタカーなどを借りて、被害者宅周辺や、駅前、父親の会社への被害者の誹謗中傷ビラ張りと、高島平団地での被害者の顔写真と自宅の電話番号が入った名刺の郵便ポストへの投げ込み。また被害者や父親への誹謗中傷をした文面の封筒への入れる作業と封筒に切手を張りつける

〈6〉平成26年3月7日付け手記　7枚中1枚目

2.

作業などです。それと一度だけ、川上、伊藤と私の3人で
被害者宅に行って車にペンキをかけたり飼っている犬
に薬物を混ぜた餌を与えるという計画があって現
場まで行ったのですが、家の回りに近づいただけで
犬がキャンキャンと鳴き叫び、それにつられて被害者
家族が玄関から飛び出してくるという有様だったのです。
この時は車1台で、川上は運転手として車に残っており、私
と伊藤の2人で機を伺っていたのですが、断念するしか
なかったのです。用意をしていたペンキ(白)缶と、犬の餌
については近所の空地に投げ込んで捨てました。ただ
この時、私はただならぬ空気を感じていました。それは、
被害者家族の余りにも素早い反応と、見ているだけで
ピリピリとした何ともいえない雰囲気を肌で感じた
からでした。これは何かおかしい。いずれにしても長居は
無用だと思い、伊藤と川上を急がして、被害者宅を後
にしました。私達は、もしかしたら警察に通報されているの
ではないかと思い、直接池袋に帰えるのは止めにして
途中にあったファミリーレストランで様子を見ることに
したのです。私達は窓際に座って、時折外の様子
を見ながら軽い食事をしました。何でも川上の話
しを聞いてみると、被害者家族が家の周辺をうろ

〈6〉平成26年3月7日付け手記　7枚中2枚目

3.

ついて、一人車の中に残っていた川上の顔を覗き込ん
でいたようでした。恐らく車のナンバーも控えられてい
ると思うので、この車で再度被害者宅に行くのはまず
いと私は思いました。そして私は、その時感じた思いを二
人に話しました。先程も申しましたが、被害者家族の異
常過ぎるくらいの反応の素早さと、ピリピリとした雰囲気
です。絶対におかしい。何か変だと、川上、伊藤、双方
に話しかけました。二人は「そうですね。少し異常ですね。」
という返事が返ってきました。この時の私は、まさか私達
の他にも、被害者宅に嫌がらせ行為をしている人間
がいるとは思ってもいなかったのです。でも、もしかしたら
川上と伊藤は知っていたかもしれません。案外、知らな
かったのは私だけかもしれません。実際、この日の夕方
頃、武史が店に来て、「被害者宅の車にペンキをぶっか
けて、犬に毒物でも喰わせてみてよ。」「そうしたら少しは被
害者家族も分かるんじゃないかな。」というものでした。
この話しは、伊藤や川上の店にも武史が顔を出して
指示を出していた筈です。現に、伊藤がペンキを東
急ハンズで購入していましたし、犬の餌に混ぜる薬品
については、ドラッグストアで購入して用意していました。
私は本当に気が乗りませんでした。しかも、店の営業が

〈6〉平成 26 年 3 月 7 日付け手記　7 枚中 3 枚目

4.

終わってから、車で高速に乗って、現場に行かなければならなかったからです。でも武史に頼まれたからにはいい加減な対応も出来ず、とにかく結果を出すしかないと思いました。話しはファミリーレストランに戻りますが、私達3人は色々と善後策を出しあいましたが、決定的な考えが何一つ出ないまま、武史に詳細を報告するしかないということで考えがまとまりました。店の方には1時間位いたと思いますが、窓から外の様子を見ていてもパトカーの姿も見えなかったので、私達は席を立ち店を後にし、重い足取りで車に乗り込んで池袋へと帰えったのでした。翌日、武史に報告した伊藤は武史から、さんざん嫌味をいわれたことと思います。ただこうやって当時を振り返ってみても、私が直接武史から拉致監禁、やレイプに関しての指示を受けた憶えがないのです。大体が間に伊藤が入って、武史の指示を私に伝えていたように思います。武史が私に直接指示するのが面倒だったのか、伊藤にいえば、皆に指示、話しが伝わると思ったのかどうかは、私には分かりませんが。ただ私自身漠然ではありますが、指示を出している背後には知人の被害者本人に対する強い思いがあったことは理解できました。可愛さあまって憎さ百倍というのでしょうか。

〈6〉平成26年3月7日付け手記　7枚中4枚目

5.

風俗業で成功して大金を手にしたにも関わらず、どう
しても手に入れられない物がたった一つあった。それが、好
意を寄せた一人の女の愛情だったとは、余りにも皮肉で
はないでしょうか。確かにこの時分の和久は普通では
なかったかもしれません。現場には全くといっていいほど
顔を出さなくなりました。伊藤の話しによると以前住
み慣れた沖縄に行っているということでした。また伊
藤や武史を介して聞こえてきた話しが、「結果が出て
いない。皆、私の為にやってくれているのだろうか。」という
ものでした。この結果が出ていないというのは、被害者
宅や父親が勤めている会社にも、さんざん嫌がらせを
やっているが、父親が会社を辞めずに今にいたっている
ことと。被害者本人から和久に対して、謝罪や、泣きごと
をいって来ないことに和久自身が苛立ちを感じていたの
だと思います。それともう一つ、この嫌がらせ行為を
行うにあたって、和久は活動費として、かなりの金額を
注ぎ込んでいたのです。（数千万円）ですから、そういった
面でも、和久自身が気がかりだったのです。そして、ある日
武史から、「マネージャーが居る沖縄に行って皆で元気
づけてあげよう。」ということになり、武史、私、伊藤、
川上、杉沢（他店店長）の5人で沖縄に行くことになり

〈6〉平成 26 年 3 月 7 日付け手記　7 枚中 5 枚目

6.

ました。季節は夏でした。当初の予定としては、二泊三日
だったのですが、台風の影響で飛行機が飛ばず、帰
えるのが二日位遅れてしまいました。沖縄に着いたその
日から帰えるまでの間、私達は毎日、和久と行動を共
にしました。沖縄で逢うまでは、私も和久のことが心
配だったのですが、顔色は悪くはなかったし、話し
をしていてもごく普通だったので、一安心しました。沖縄に
着いて二日目だったと思います。天気も良かったので皆
と近くのビーチに行きました。小さな観光船のような物
に乗って、海を眺めたりしながら、しばし私は観光気分に
なり、当初の問題などを忘れてしまいがちだった時で
した。場面で私と和久の二人だけになる時がありました。
他の者は海に入ったり、何やら買い物に行っていなかった
のです。和久が「皆私の為に一生懸命やってくれていますか」
私は「ええ、皆頑張ってやってくれていますよ。」と答えたの
ですが、正直、仕事の営業面が気になっていっているのか
それとも、例の嫌がらせ行為について和久がいっているの
か分からなかったのです。ですが、次の和久の言葉で疑
問は解けました。彼がいいました。「久保田さん
私は、彼女と刺し違えることも考えたのです。」私は
この和久の言葉に、浮かれ模様だった観光気分が

〈6〉平成26年3月7日付け手記　7枚中6枚目

7.

一気に吹き飛んでしまいました。きっと普段の私なら「いい男が、たかが女の一人や二人のことで、いじいじ女の腐ったみたいなことをいってんじゃあないよ」と一笑する所なのですが、不思議と私は、この人は哀れだな。不憫な男だなと思ったのです。私にいわせれば、彼は身長180cm以上、顔は優男だし、身に付けている物は全てブランド品、車はベンツしかも二台。風俗で成功して金にも不自由せず、何の苦もない男だと思っていた私でしたが、彼の危機迫る表情にとうとう私も腹を括りました。私は「マネージャーの無念は私が晴らしますよっ」と和久に約束しました。ほんの一瞬ではありましたが、和久の表情が和らいだのを憶えています。このことがあってから東京に戻っても、毎日どうするべきか。どうすれば和久が納得してもらえるのだろうかと無い頭で考えていました。

本日はこの辺で筆を置きたいと思います。次回はこの続きからになります。[redacted]

平成26年3月7日
久保田　祥史.

〈6〉平成26年3月7日付け手記　7枚中7枚目

前回からの続きです。——— 1.

そんな折、いつも利用する喫茶店ルノアールで、私、伊藤、川上の三人でいつも通りの打ち合わせをやっている時でした。武史の方から、被害者の拉致監禁、レイプ場面の撮影などの指示があったのですが、私としてはどうも現実的ではないというか、果たしてそこまでやる必要があるのか。という強い反発心があったのです。私は本当にこんなことを望んでいるのだろうか。仮にこんなことをして、後から彼女が詫びをいれたならばまた縒りを戻すつもりでいるのだろうかと、私は考え込んでしまったのです。そこで私は、伊藤、川上に向って宣言したのです。「私がナイフで彼女の顔でも斬り付けてやりますよ。顔は女の命だっていうでしょ。それさえやれば二度と立ち直れないでしょ。」この時、私は伊藤と川上に宣言することによって、もう二度と後戻り出来ない状況を作りだしたのです。そして、その日の内に私は、池袋の東急ハンズのナイフ売り場で、両刃のナイフ、スミス・アンド・ウェッソン社製を購入したのです。後は、実行するだけとなりました。自分で後戻りできない状況を作り出した自分自身に少し後悔しながら、事件当日まで長い日々を送ることになったのです。そして、その機会がいつ訪れるか分からないので、ナイフはいつも近くに置いといた方がいいと思い、私が個人的に使用しているクローゼットの中に保管して、いつでも取り出せるようにしていたのです。また、決意が鈍らないように時々、ナイフを取り出してみては、そのナイフの輝きに心を奪われそうになっていました。思えば、私は被害者

〈7〉平成26年3月13日付け手記　3枚中1枚目

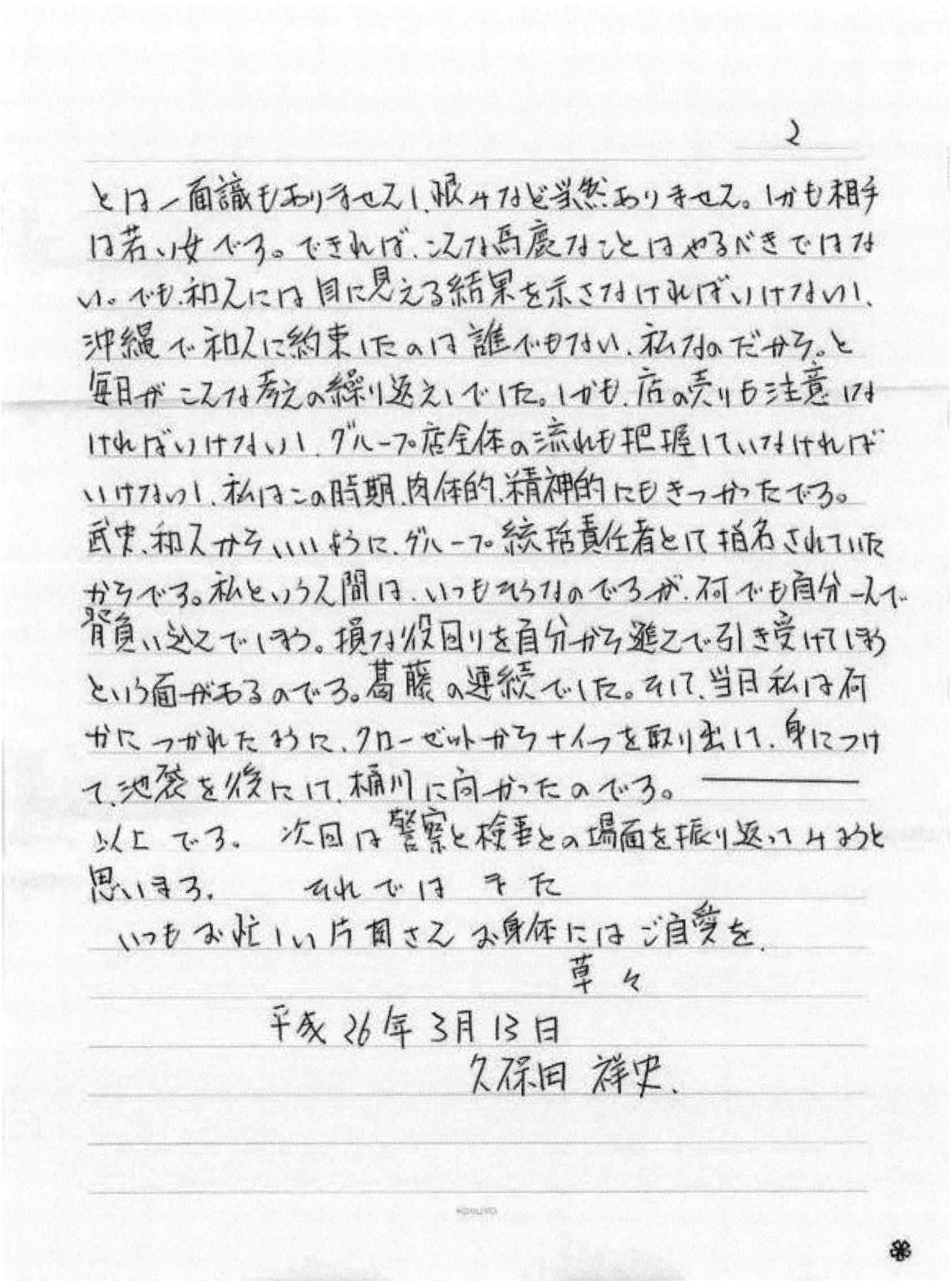

2

とは一面識もありませんし、恨みなど当然ありません。しかも相手
は若い女です。できれば、こんな馬鹿なことはやるべきではな
い。でも、和久には目に見える結果を示さなければいけないし、
沖縄で和久に約束したのは誰でもない、私なのだから。と
毎日がこんな考えの繰り返しでした。しかも、店の売りも注意しな
ければいけないし、グループ店全体の流れも把握していなければ
いけないし、私はこの時期、肉体的、精神的にもきつかったです。
武史、和久からいいように、グループ統括責任者として指名されていた
からです。私という人間は、いつもそうなのですが、何でも自分一人で
背負い込んでしまう。損な役回りを自分から進んで引き受けてしまう
という面があるのです。葛藤の連続でした。そして、当日私は何
かにつかれたように、クローゼットからナイフを取り出して、身につけ
て、池袋を後にして、桶川に向かったのです。
以上です。 次回は警察と検事との場面を振り返ってみようと
思います。 それでは また
いつもお忙しい片岡さん お身体にはご自愛を。
草々
平成26年3月13日
久保田祥史。

〈7〉平成26年3月13日付け手記　3枚中2枚目

3.

[redacted]

〈7〉平成 26 年 3 月 13 日付け手記　3 枚中 3 枚目

1.

[redacted]

今回は前回に引き続きまして、警察と検事の取り
調べについて振り返ってみたいと思います。私は、1999年
12月19日に池袋の豊島公会堂傍で逮捕されました。
正確には、この時まだ逮捕状は執行されておらず
悪魔でも任意の筈だったのですが、私服警官5人に
取り囲まれ、両脇を取られて、まるっきり身動きできない状
態で車に連れ込まれたのです。私は警察だというのは
分かっていましたので、無駄な抵抗はせず、身を任せました。
車は、白の乗用車で警察車輌ではありませんでした。私は
後部座席に座らされて、私の両脇には警官が固めてい
ました。私の左側に座った年配の警官が「いやあ、久保ちゃん
探したよ。会いたかったよ。」と話しかけてきました。私は、
池袋に現われるのを、この警官はずっと張り込んでいた
のだと思いました。私のこの時の心況としては、とうとう捕ま
ったか。できれば、年が明けるまでは捕まりたくはなか
ったな。というものでした。車中では、他愛のない話しを
していたのですが、最初に連れて行かれた所は、朝霞
警察署でした。裏口から階段を上がり、中に入ると
廊下の両側に幾つかの扉が有り、その中の一室に入りま
した。目の前にあったパイプ椅子に腰を下ろして、私の

〈8〉平成26年3月27日付け手記　7枚中1枚目

2.

対面に座ったのは、あの年配の警官でした。どちらが先に話しかけたのか記憶が定かではないのですが、私は「私が彼女を殺しました。武史に頼まれて殺しました。」というと警官は「間違いないね。本当だね。よし分かった。」というと一旦、その場から席を外し、他の警官が私の対面に座ったのですが、「どうして、久保ちゃんあんなことやったの」と話しかけられたりしたのですが、私は無言のまま、このまま武史から被害者の殺害を依頼されたという筋書きを最後まで通すことを胸に誓ったのです。このまま逮捕されて自分だけ馬鹿を見るのは、とても腹立たしいし、たった一千万円で私を使い捨てにした武史が、私は許せなかったのです。実は数日前にも、斉藤に連絡を取り、武史に私の方に連絡をくれるように頼んだのですが武史からの連絡は何ひとつとしてなかったのです。自己保身に精を出す彼にいいようのない怒りがあったのです。元々ことの始まりは、小松兄弟なのです。私達を自分達の私情に巻き込んだ責任が彼等にはある筈です。最後まで付き合ってもらって、責任を取ってもらうべきだと思ったのです。やがて先程の年配の警官が戻って来て、逮捕状をつきつけられました。罪名は殺人。時刻を告げられ、両手に手錠をかけられました。私は「何年振り

〈8〉平成26年3月27日付け手記　7枚中2枚目

3.

だろう。この冷たい感触、久し振りだろうか。今日はやけに手錠が重たく感じる。」実は、私が手錠をかけられたのは3度目でした。1度目は未成年の時で、2度目は22歳の時で、どちらとも当時、暴力団に所属していた時に犯した罪で逮捕された時でした。3度目だから少しは慣れている筈なのに、どうもこればかりは慣れません。それから朝霞署を後にして向かったのは上尾署でした。逮捕された時はまだ昼間だったのに上尾署に着いた時には真っ暗でした。また、どこから情報を入手したかは分かりませんが、報道陣からの大量のフラッシュの洗礼を浴びることになりました。車から降り、裏口から外階段を上がって行く時もカメラのフラッシュが止むことはありませんでした。取り調べ室に入って、一担手錠を外してもらいコンビニの弁当を出されました。私は全くといっていいほど食欲がなかったのですが、明日以降の本格的な取調べに対して備えなければいけないと思い、弁当を残すことなく食べました。食時が終った後「久保ちゃん。それじゃあ明日。」といわれ、私は留置場に連れて行かれました。既に消灯時間が過ぎているらしく辺りは静まりかえっており、照明も落ちていました。大体、消灯時間が9時なので、時刻は9時過ぎだと分かりました。

〈8〉平成26年3月27日付け手記　7枚中3枚目

4.

荷物や所持金等の検査を終えて、ようやく鉄格子入りの部屋に入りました。気分としては、動物園に入れられた動物達と同じ心境でしょうか。布団を敷いて横になったものの、神経が高ぶって中々寝付けません。高い天井を見上げながら私は「取り返しのつかないことをした。一体、私の人生って何だったのだろう。」と自問自答していました。答えは、簡単には出ませんでしたが、ただひとつだけいえるとすれば「身から出た錆」だったのです。その一言に尽きました。やがて私はいつしか眠りに落ちていきました。翌朝から本格的な取調べとなりました。私の取調べに付いたのが二名の捜査官でした。一名は前日私の身柄を押さえに来ていた年配の刑事、山崎鉄男警部補（当時）、もう一名が所轄署である上尾署の巡査部長（当時）でした。尚、この巡査部長に関しては名前を思い出すことができませんでした。連日連夜、朝から夜まで取調べが続きました。その中で私が主張してきたことは、「私は武史に頼まれて被害者を殺害した」というものでした。武史が私に「俺を男にすると思って殺ってよ。久保田さん頼むよ」と私の供述は一貫して変わりませんでした。また変えようとも更々思いませんでした。捜査官も大した疑問を持つでもなく、私の供述通りに調書をまとめていきました。きっと

〈8〉平成26年3月27日付け手記　7枚中4枚目

5.

捜査員も私の前科を調べて、暴力団思考に私がなり、
男気にかられて、被害者を殺害したのだろうと思っている節
がありました。ですから、警察の取調べで、変な駆け引きや
誘導なども一切有りませんでした。殺害後に武史から、赤羽の
カラオケボックスに呼ばれて、現金一千万円を渡されましたが
武史は本来、この一千万円は「弁護費用にしてくれ」というものだ
ったのですが、私は「殺害した報酬としての一千万円」と
終始一貫してこれを主張してきました。警察での取調べと
同時進行で、検事調べもありました。私は、警察での調書で
間違いないから、全てその通りだ」と言い、検事調べに際
しては協力しませんでした。というのも、この検事が本当に絵に
描いたような権力をひけらかすような人間だったからです。
ある日、検事調べでまた呼ばれたのですが、私の話しを聞
いたと思ったら、立ち上がり部屋を出て行き、また部屋に戻った
りという行動をしていたので、私は疑問に思った所、どうやら
他の部屋にも、武史を呼んでいたらしく、私の供述が武史と
一致するかどうか、部屋を行き来していたのです。注目すべき
点が、「武史が私に渡した一千万円は、弁護士費用か
又は、殺しの報酬だったのか」という点、だったのです。私は
今まで通り、殺しの報酬だったとして、供述を通しました。
検事は少し首をかしげていましたが、「武史はいいのがれを

〈8〉平成26年3月27日付け手記　7枚中5枚目

6.

しようとしているだけで、実行犯の俺が言っているのだから間
違いはない」と説明しました。恐らく警察にしても検事に
しても、武史という男は往生際の悪い奴だと思っていたと思い
ますし、実行犯である私が進んで供述している以上、私に
乗っかって、早く事件解決に向けて幕を引きたかったのでは
ないかと思います。何故なら、警察の不祥事が取りざた
されていたので矛先を少しでも早くそらしたかった筈だから
です。特に埼玉県警、上尾署においては、当時の社会的バ
ッシングには強烈なものがあった筈です。私のことをさんざん利
用して使い捨てにした武史に対しての復讐の鬼と化した私と
警察の思惑がまさに一致したのでした。後に武史に駄目
押しをしたかった警察は、本庁から新たに捜査員を派遣
してきて、武史の余罪に関して私に協力を申し込んできたのです。
私は知っている範囲で、供述をして、本庁の捜査員にも協
力しました。このことによって更に、武史包囲網が固められて
いった訳です。以上が警察や検事とのやり取りですが、
私としては、どうしても最後に申し上げなくてはいけない点が
あります。それは、どうして警察が(上尾署)被害届け、告訴
でも構わないのですが、本気で捜査を開始してくれなかった
のかということです。確かに埼玉と池袋という管轄、
所轄と本庁という縄張り意識もあったと思いますが、一日

〈8〉平成 26 年 3 月 27 日付け手記　7 枚中 6 枚目

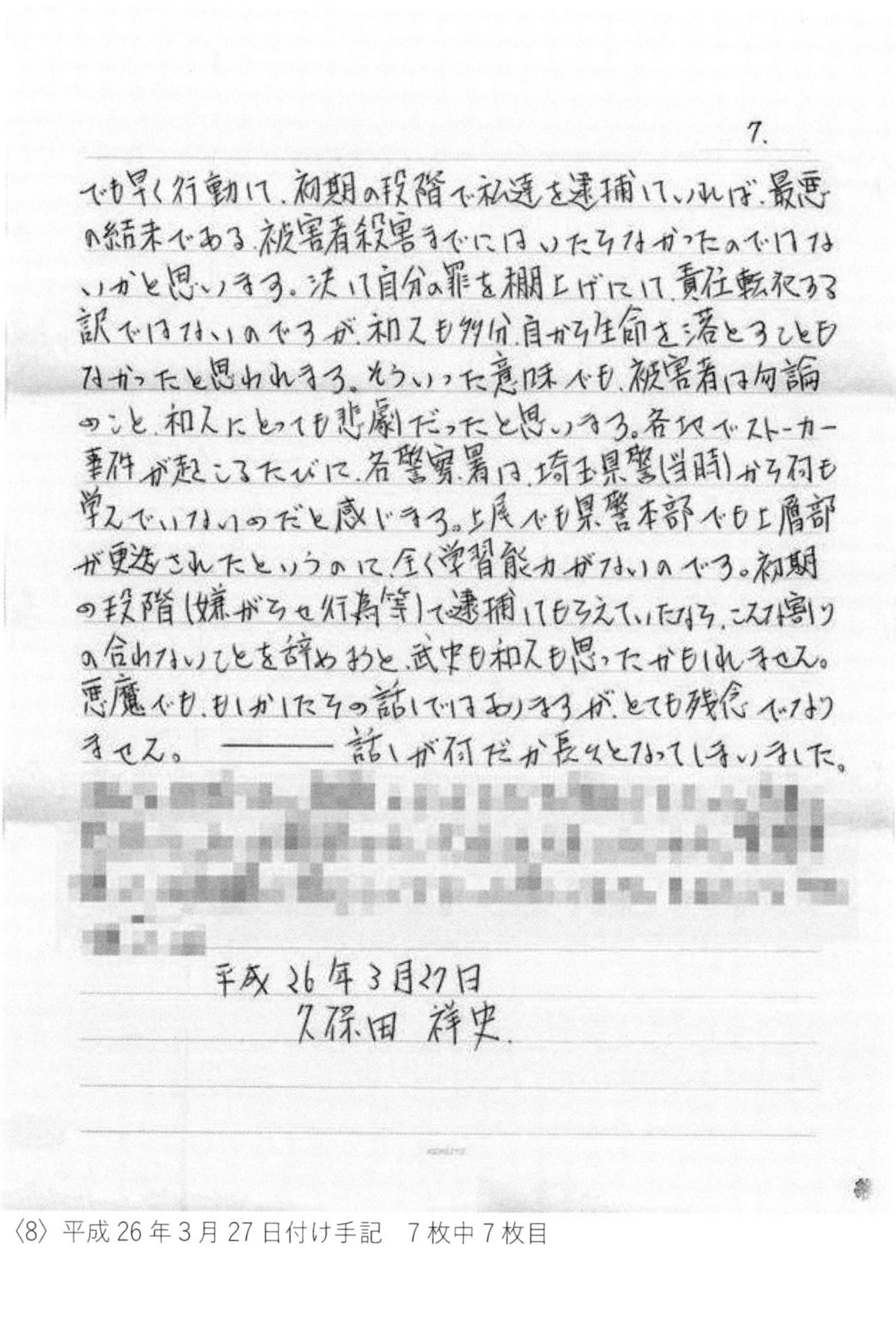
7.

でも早く行動して、初期の段階で私達を逮捕していれば、最悪の結末である被害者殺害までにはいたらなかったのではないかと思います。決して自分の罪を棚上げにして責任転化する訳ではないのですが、和人も多分自から生命を落とすこともなかったと思われます。そういった意味でも、被害者は勿論のこと、和人にとっても悲劇だったと思います。各地でストーカー事件が起こるたびに、各警察署は、埼玉県警（当時）から何も学んでいないのだと感じます。上尾でも県警本部でも上層部が更迭されたというのに全く学習能力がないのです。初期の段階（嫌がらせ行為等）で逮捕してもらえていたなら、こんな割りの合わないことを辞めようと、武史も和人も思ったかもしれません。悪魔でも、もしかたらの話ではありますが、とても残念でなりません。――――話しが何だか長々となってしまいました。

[redacted]

平成26年3月27日
久保田祥史

〈8〉平成26年3月27日付け手記　7枚中7枚目

1.

「[redacted] 今回は疑問点について、お答えしたいと思います。①武史以外からの指示であれば誰の指示で嫁がらせをしていたのか。ということですが、私の記憶が少し曖昧なのもあるのですが、直接武史から嫁がらせについての指示を受けた覚えがないのです。大体が伊藤を通じての話で、武史がこう言ってました。という感じでした。まあ伊藤にしてみれば、武史の側近というイメージが当時の私にはありましたし、きっと武史本人も私に直接指示するより、伊藤の方が言い易かったのではないかと思います。②被害者の車にペンキをかける。被害者宅の犬に毒物を食べさせる。について武史から直接指示があったのか。ということですが、この時は明確に覚えていて、まず最初に伊藤から連絡が有り、その後に、武史が私の店に来て「車にペンキでもかけて、犬に毒入りのエサでも食べさせてみてよ。」と指示されたのを覚えています。③嫁がらせ行為が行われた目的について何だったのか。ということですが、私が思うには、単なる嫁がらせ、面子を潰された為の仕返しだと思っていました。当時としては、他に理由が考えられませんでした。④和人が嫁がらせ行為について本当に望んでいたか。ということですが、私は望んでいたと思うし、被害者と家族を精神的に

〈9〉平成 26 年 4 月 3 日付け手記　3 枚中 1 枚目

2.

追い込んで、詫びを入れてくるのを待っていたと思います。
特に被害者に対しては、可愛さ余って憎さ百倍。自分の元から
離れて行ったことに対しても、知人は裏切られたという気持ちが
非常に強かった筈です。最も、私を初めとして、伊藤、川上も
被害者に対しては、悪い女。さんざん貢がせるだけ貢がせて、はい
さよなら。人の心を玩ぶ酷い女。という情報しか入ってこなかった
ので、私達は、全く罪悪感などあろう筈もなく、ある意味遊んで
嫌がらせ行為に参加していた訳です。ただ私としては、同時進
行として、別グループが被害者宅に押しかけたりとか、嫌が
らせ行為を行っていたことは全く知りませんでした。
以上が御質問点に関する答えです。[redacted]

〈9〉平成26年4月3日付け手記　3枚中2枚目

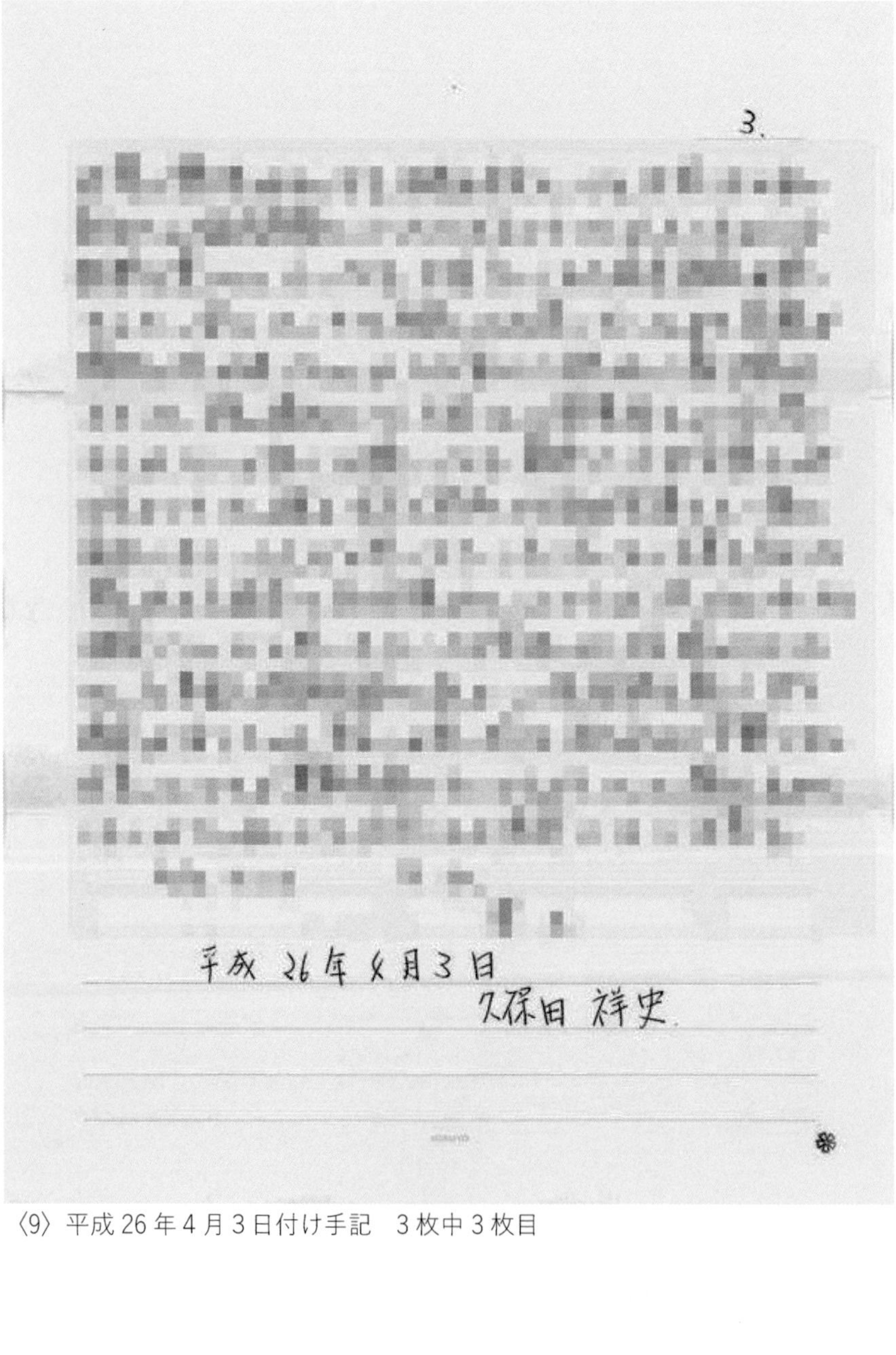
3.

[redacted]

平成26年4月3日
久保田祥史

〈9〉平成26年4月3日付け手記　3枚中3枚目

さいたま地裁。ここで行われている小松武史の再審請求審では、久保田祥史の手記が審理の俎上に載せられている

※本書は、２０１９年に発行された電子書籍『桶川ストーカー殺人事件　実行犯の告白』（ＫＡＴＡＯＫＡ）を大幅に加筆、修正したものです。

【主な参考文献】

本書では、以下の書籍を取材・執筆のための参考にしました（発行年月日順）。

『桶川女子大生ストーカー殺人事件』著・鳥越俊太郎&取材班（2000年10月14日、メディアファクトリー）

『桶川ストーカー殺人事件―遺言』著・清水潔（2004年6月1日、新潮文庫）

また、書籍の他にも以下の新聞社・雑誌の記事を取材・執筆のための参考にしました（五十音順）。

〈新聞社〉朝日新聞社、産経新聞社、毎日新聞社、読売新聞社

〈雑誌〉アサヒ芸能、月刊『創』、実話GON!ナックルズ、週刊朝日、週刊女性、週刊新潮、週刊文春、週刊宝石、女性セブン、新潮45、FOCUS

もう一つの重罪
桶川ストーカー殺人事件「実行犯」告白手記

2020年11月1日　第1刷発行

著者 久保田祥史
編著者兼発行者 片岡健
発行元 リミアンドテッド
〒734-0026 広島市南区仁保 3-38-21
電話 082-521-9381　Eメール info@limiandted.com
ホームページ http://limiandted.com/
印刷 株式会社プリントパック

ISBN978-4-9911697-0-0
定価はカバーに表示しています。落丁・乱丁の場合はお取り替えします。

久保田祥史（くぼた・よしふみ）
1965年、大分県生まれ。中学校卒業後、印刷工、室内装飾店従業員、パチンコ店店員など様々な職業を経験し、その間、暴力団組員としても活動。1994年からは東京都で様々な性風俗業に従事した。1999年に桶川ストーカー殺人事件を起こし、懲役18年の刑を科されて服役。2019年1月に満期出所。

片岡健（かたおか・けん）
1971年、広島県生まれ。大学卒業後、編集プロダクションなどを経て、フリーのライターに。現在は主に事件関係の取材、執筆をしている。2020年にリミアンドテッドを創業。編著に『絶望の牢獄から無実を叫ぶ　冤罪死刑囚八人の書画集』(鹿砦社)、著書に『平成監獄面会記　重大殺人犯7人と1人のリアル』(笠倉出版社)。